Anna Simón

La casa del acantilado

Anna Simón

La casa del acantilado

La casa del acantilado
© Anna Simón

ISBN: 9789996108624

Dirección editorial, concepto gráfico y corrección ortotipográfica:
Lorena Chávez de Gaitán
lorenadegaitan@yahoo.com

Diseño editorial y carátula:
Francisco Javier Buitrago Muñoz
javierbuitrago90@yahoo.com

Dedico esta novela a papá y nana Toña que ya son parte del cortejo de ángeles en el cielo.

A mi madre, a mi esposo, a mis hijos y a mis nietas.

A mis espíritus guías y seres de luz.

Para Anna Simón:

Hojas blancas que libremente se someten al yugo de tus fantasías; quedan eternamente agradecidas porque dejaron de ser un simple sustrato y quedaron convertidas, gracias al encanto prodigioso de las letras, en hermosos libros.

JAVIER BUITRAGO

*Agradezco a Javier Buitrago por su
creatividad en el diseño de la portada
y la diagramación
del libro, por su paciencia y su
dedicación. Su ayuda ha sido
invalubable para mi.*

Contenido

Prólogo

SON LAS DOS DE LA MAÑANA y mi cabeza da vueltas como un trompo, unas voces dentro de mí me están volviendo loca, me dicen que huya de aquí. Desde hace tiempo están pasando cosas feas y extrañas.

Esta casa guarda demasiados secretos en cada rincón y cada uno tiene su propia historia. ¿Debo huir con Carl, en medio de la noche, como unos ladrones? ¿O sería mejor largarnos al amanecer para que la resplandeciente luz del día nos guíe fuera de este laberinto? Pero todo lo que se hace sin planear no siempre sale bien, mejor guardo la calma; de todas maneras, estoy obligada a cumplir con el deber sagrado de cuidar a mi madre, hasta su último aliento de vida, ha enfermado gravemente y, además, dentro de la casa existen enemigos que tienen la tenebrosa tarea de hacer de ella una desquiciada, yo soy la única que lo puede evitar.

Pese a su condición, mamá es arrogante y necia. A veces maldice, grita, blasfema. Me da mucha lástima, debo cuidarla, al fin y al cabo, ella me trajo al mundo. Aunque siempre creí que me habían adoptado, sino fuera porque todos dicen que soy la réplica de mi madre, una mujer de origen escocés, que vino a Marine con sus padres cuando apenas tenía doce años.

Sin embargo, nadie es inmune al pasado, mamá lo revive constantemente y suele hablar con mucha rabia de Robert, a quien dice haber amado intensamente, el hombre que para ella significó el cielo y el infierno. Ahora acostumbra a mencionar con sentimiento de culpa y melancolía a mi padre, el coronel Joseph Wright, quién la amó incondicionalmente.

Yo le pido a ella que no recuerde más el pasado, que rece, que debe reconciliarse con el mundo para que pueda morir en paz algún día. Pero sus ojos amenazantes se clavan en mí, sin mostrar una pizca de humildad.

Bebe mucho, cree que el alcohol es la respuesta a sus problemas. Yo hago todo lo que está a mi alcance por su bienestar. Todos los días me levanto muy temprano, voy a su habitación para procurarle todo lo que necesita, luego me dirijo a la cocina a organizar un poco el desayuno para que esté listo, como a ella le gusta: tostadas con mermelada de frambuesa, una taza de té y una rosa roja en un pequeño florero; todo sobre una reluciente charola de plata.

No la entiendo, ni pretendo hacerlo, ya he sufrido mucho, el cansancio y la resignación me han rescatado de ese dolor. Mi hermana Kathy no la visita, ha desaparecido sin dejar rastro. Solo mi esposo Carl y yo somos los que permanecemos a su lado, además de sus fieles servidores, Carlota, el ama de llaves, quien es mi mano derecha y una gran aliada, lo mismo su marido Paul.

Ayer mamá encontró un viejo álbum de fotos, en una de tantas está sentada con Robert sobre una roca frente al mar, sonriendo como dos enamorados. Otras imágenes muestran a mamá alegre podando sus adorados rosales, en una está papá dándole un ramo de lilas, hincado como si estuviera proponiéndole matrimonio. Carlota, en otro retrato, ríe mientras Paul la estruja con un fuerte abrazo. Las fiestas, los amigos, el comedor lleno de distinguidos invitados, en la Navidad todos sentados alrededor del árbol rodeados de muchos regalos. Allí parecíamos felices.

Cuando pienso en ese álbum, no puedo negar que hemos tenido buenos momentos. Mi madre daba las mejores fiestas y la decoración era bellísima. Llenaba de flores hermosos jarrones de cristal cortado, que colocaba en cada estancia de la casa. Y los exquisitos platos preparados por Carlota eran inigualables, ella se lucía con recetas heredadas de mi abuela Helen. Todo parecía un cuento de hadas. Mis hermanas estaban en casi todas las fotografías, posaban con orgullo y lucían vestidos hechos a la medida por la mejor modista de

Marine, pero cuando los ojos de mi madre se detienen en la foto de Wilma, se llenan de lágrimas y se nota en ella un gran dolor.

Mi estómago se encoge cada vez que la veo sufrir hundida en una batalla con sus propios demonios.

Sin yo esperarlo, me he convertido en la guardiana de sus secretos y angustias, a veces me sonríe con sarcasmo, como si nada le importara. Y de repente me suplica que no la abandone. Estoy destinada a limpiar todo el dolor que hay en su alma y rescatarla del infierno en el que se encuentra.

A pesar de todo lo que ha sucedido en esta casa, he crecido, soy fuerte y tengo al hombre que amo en mi vida. Carl ha sido enviado por Dios, si no hubiera sido por él me hubiera vuelto loca o ya habría muerto.

Por eso tengo que detener todo lo tenebroso que sucede. Solo el mar embravecido y esas gigantes rocas son testigos mudos de los tristes episodios de horror que esta casa alberga. Esto es terrible para mamá y está al borde del colapso emocional.

Debo salvarla, aún es tiempo…

Capítulo 1

Los monstruos son reales, y los fantas-
mas también: viven dentro de nosotros
y, a veces, ellos ganan.

STEPHEN KING

MARINE, INGLATERRA. El viento sopla demasiado fuerte a la orilla del acantilado y cada vez que me acerco, el abismo intenta atraerme con una fuerza inexplicable, pero de pronto pienso que soy muy joven y el momento de entregar mi alma no ha llegado.

Desde acá el horizonte es infinito y el cielo luce veteado con bellos colores naranja. Sin embargo, tanto encanto no ha impedido que yo esté presa en esta casa frente al mar, sin poder disfrutar siquiera mis años de adolescente, al contrario de mis hermanas, que llevan una vida como cualquier chica.

Vivimos en una bella casa victoriana sobre el acantilado, centenaria, con una espléndida vista al mar, rodeada de hermosos y extensos jardines, en medio de la nada. A media hora queda el pintoresco pueblo de Marine, una pequeña ciudad, con casas de colores y calles empedradas. En los veranos está siempre repleta de turistas que quieren dorarse al sol. Los viajeros visitan las galerías de arte, los antiguos *pubs,* el parque de diversiones y sobre todo la playa. En invierno el clima no es tan bueno en el acantilado, grandes ventiscas heladas vienen desde el océano, el mar es gris y revienta contra las rocas, provocando un gran estruendo.

En los linderos de la propiedad está el cementerio familiar de los Wright, rodeado de enormes árboles que aíslan la casa del mundo externo. Allí se encuentran las tumbas de mis abuelos paternos, Joseph y Helen Wright, también la de Virginia, quien fue la cocinera fiel de la familia y mamá de Carlota; hasta las mascotas que existieron en esa época tienen un espacio y lo mismo, uno que otro pariente cercano que jamás conocí. Papá siempre está pendiente de poner flores en las tumbas de todos los que allí yacen.

La casa tiene tres pisos y ocho habitaciones, con enormes ventanales en vitral. Es grande y majestuosa, alfombras persas cubren el piso de madera de muchas estancias. En el techo, lámparas de cristal adornan la entrada y dos grandes salas. Las ventanas están decoradas con cortinas de terciopelo color púrpura y en el comedor hay una enorme mesa con sillas estilo *chippendale*. Tiene un ambiente clásico y muy inglés.

A un lado de la casa se encuentra una pequeña cabaña donde se guardan las herramientas para la jardinería. En el sótano yacen viejos muebles, descoloridas pinturas y juguetes que teníamos cuando éramos pequeñas. En el estudio cuelgan las fotos de mis ancestros, allí me enteré que papá es idéntico al abuelo, quien fue un famoso anticuario de su época. Me decía papá que mi abuela siempre lo acompañaba en todos sus viajes a comprar antigüedades que luego restauraba para venderlas o dejarlas dentro de la casa. Tenemos objetos muy valiosos que tienen historia. Papá aprendió mucho de esa profesión artística.

La casa además de tener vida propia, tiene un nombre y este es: Villa Helen. Mi abuelo paterno la bautizó así en honor a Helen Wright, mi abuela. En Villa Helen, que yo recuerde, siempre han vivido Carlota, el ama de llaves, y Paul, su marido, que hace las veces de jardinero y chofer, mis hermanas mayores Kathy y Wilma, el gato Jasper, propiedad de Carlota, y el fiel perro Bruno, un precioso pastor alemán, a quién papá adora. Y por supuesto… mi madre.

Ella siempre fue una mujer hermosa, sus ojos pequeños y expresivos son de color verde esmeralda, su piel muy blanca, su nariz respingona y su cabello es rojizo y abundante. Cuando sonríe nadie puede competir con ella. Posee una simpatía envidiable, cuando se lo propone o conviene.

Los demás en casa tienen una personalidad muy particular; por ejemplo, Carlota, es risueña, tiene una voz suave que apenas se escucha y está atenta a todo como si no quisiera perderse un momento de la historia de nuestras vidas. Es bajita, del tamaño de una niña, con el cabello recogido en un gracioso moño, una tez muy blanca, ojos vivarachos y cafés.

Paul siempre está cantando melodías de antaño y es muy afortunado de tener a su lado a la mujer que ama, Carlota. Él es bonachón y rechoncho, huye de los problemas, casi diría que se mete debajo de las enaguas de su esposa, que a pesar de su frágil aspecto es fuerte. Paul depende de ella hasta para ir al baño. Es casi como el hijo adoptivo de mi padre, y lo trata con mucho cariño, no así mis hermanas que son groseras con él. Mi madre le tiene celos, porque dice que papá lo estima mucho y siempre se refiere a él como "ese recogido".

Mi padre es un hombre bien parecido: alto, corpulento, de cabello rizado color avellana, con mechones dorados. Siempre está en su poltrona de fieltro rojo leyendo, aislado del mundo, como si estuviera en una burbuja impenetrable. Le gusta oír música, sobre todo marchas militares. Me dijo una vez que le daban energía y al escucharlas recordaba aquellos días en Europa, cuando estuvo en el ejército. Es bondadoso y a veces tímido, yo diría que un poco introvertido, no deja que sus emociones lo delaten. Su mejor escudo es el silencio.

Me duele cómo mamá se refiere a papá: dice que no tiene carácter y que jamás entenderá cómo es que fue a la guerra y hasta lo condecoraron por su valor y osadía. Para mi madre él no es nadie, lo trata con crueldad y desprecio. No creo que se lo merezca, pero él lo tolera y yo no opino nada.

Duermen en habitaciones separadas, papá, algunas veces, parece ausente. Da largas caminatas por la propiedad. Yo lo he visto siempre llevar una pequeña radio a la glorieta y bailar con una compañera imaginaria, al ritmo de la música de Glenn Miller, como si estuviera loco. A mamá no le gusta bailar y cuando está lejos de ella se vuelve un hombre alegre. Tengo la impresión de que papá recuerda algo cuando escucha esas melodías.

Mis hermanas son arrogantes, y no sé si tienen alma, creen que vienen de una casta noble, aunque no es así. Kathy es rubia y Wilma tiene una cabellera larga y castaña. Para mi gusto la más bonita es Wilma, su rostro es dulce, aunque solo en apariencia.

Kathy es resuelta, egoísta y manipuladora, sobre todo cuando se trata de mamá. Ella siempre quiere meterme en problemas, es como una araña, lista para apoderarse de su presa, no tiene ningún reparo en hacer lo que sea con tal de salirse con la suya. Solo pasa frente a los espejos arreglando con sus dedos cualquier cabello fuera de lugar, y se dice a sí misma que es la más bonita de todas, su forma de mirar es penetrante y tiene una expresión sombría.

Wilma es un poco más tolerante, ella es sumisa a Kathy, quien la maneja como a una marioneta. Siempre está a sus órdenes, es como su mensajera, Kathy le grita cuando no la obedece y algunas veces la ha abofeteado frente a mí. Existe una rivalidad entre ellas, una quiere ser mejor que la otra, pero al final la figura dominante es Kathy.

Mis hermanas estudian en el pueblo de Marine, Paul las lleva cada mañana. Yo, en cambio, tengo un tutor en casa, un hombre de mediana edad, alto y con cara de dulzura, siempre me trae pequeños regalos y cajas de chocolate, me enseña todo lo que se aprende en un colegio.

Mamá no quiere que me aleje, por eso recibo las clases en casa, me exige que tengo que estar pendiente de ella y ayudar a Carlota en todo, depende mucho de mí. Hasta cierto punto eso me hace feliz, porque siento que me necesita, quizá sea una forma de demostrarme su amor. O es probable que no quiera molestar a sus princesas, Kathy y Wilma.

Para ella mis hermanas son perfectas, aunque yo sea la más parecida a mamá, estoy lejos de ser su hija modelo. Cada cumpleaños les obsequia una joya a cada una. A mí no me da prendas de mucho valor, además no uso alhajas, no me gustan, solo poseo una pequeña cadena con la imagen de San Benito, defensor contra los malos espíritus. En cambio, sí me encantan los preciosos sombreros que mamá guarda en su clóset. Cuando no se encuentra cerca, me los pruebo todos. Quiero verme tan linda como ella.

No obstante, lo que yo hago nunca le parece, dice que soy muy débil, pero que está convencida de que soy paciente, y eso es mejor que nada. Me critica por todo. Señala que soy demasiado sumisa, que mi corazón es muy blando y que siendo así saldré herida siempre. Sin embargo, yo creo que soy responsable y trato de ganarme su aprobación con lo que hago. Tal vez algún día mis esfuerzos tengan un reconocimiento de su parte. En cambio, mis hermanas son egoístas solo se preocupan por ellas mismas, pero eso no lo determina mamá.

Tampoco puedo negar que Kathy y Wilma son inteligentes y bonitas, cuando se lo proponen suelen ser simpáticas. Siempre están escapando de la mirada atenta de mamá, cuando van al pueblo aprovechan el tiempo para ver a sus amigos de escuela y escapar por allí con los novios de turno, lo he sabido por medio de Carlota que es ojos y oídos de Villa Helen.

Yo aún no he logrado vivir esas emociones, excepto cuando tengo que ir por víveres acompañada siempre de Carlota. Mi primera parada la hago en el pequeño supermercado, donde trabaja un chico que me gusta, es guapísimo y me coquetea, tiene cerca de veinte años y sus ojos son más azules que el cielo de verano. Su aspecto es el de chico rebelde, y cuando me despido, me guiña el ojo y me regala un paquete de galletas. Creo que está enamorado de mí.

Mientras mi mente volaba, Carlota vino a buscarme y con su voz de pajarito me dijo que mamá me necesitaba con urgencia. Me contó que ella había planeado una cena y teníamos que lavar la loza, sacar los cubiertos de plata, en fin, encargarnos de todos los preparativos ya que mama jamás pondría un pie en la cocina.

En ese momento me levanté de la cama y me dirigí a su habitación dando saltitos como si fuera una chiquilla para atender el llamado. Su timbre de voz era como la de un general en el campo de batalla, fuerte y consistente, no había necesidad que gritara, su autoridad se sentía.

Antes de llegar a la puerta me detuve en el pasillo a contemplar Villa Helen. Sin embargo, la belleza de la casa contrasta con un pasado nada agradable: en el sótano hay muchos objetos olvidados por el tiempo, me recuerdan esos días de mi infancia que fueron bonitos y tristes a la vez. Lloro cuando hago memoria de cómo mis hermanas se aliaban en mi contra para romper mis muñecas predilectas y luego le decían a mamá que yo no las cuidaba. Yo amaba mis muñecas, eran mis mejores amigas, me hacían compañía cuando ellas no querían jugar conmigo, lo que sucedía frecuentemente.

Cuando me hacían la vida imposible yo trataba de defenderme y le contaba a mamá que habían sido Kathy y Wilma las culpables de las fechorías, ella no me creía, decía que yo era una mentirosa, que tendría que hacerme expiar mi comportamiento. Por lo tanto, yo pagaba por lo que no había hecho. Me tocaba fregar los pisos en la cocina, hasta que no podía más. Ella llegaba y recorría la casa centímetro a centímetro, y si encontraba rastros de mugre, me pegaba un buen grito, un tremendo jalón de cabello y me obligaba a limpiarlo de nuevo. Mientras Wilma y Kathy me observaban burlándose.

Otras veces, mis hermanas solían valerse de artimañas para dejarme encerrada en el sótano y antes de salir me daban pequeños bofetones y enterraban sus uñas en mi brazo. Yo les suplicaba que no lo hicieran, lloraba, pero era inútil, luego echaban el cerrojo, salían corriendo y solo alcanzaba a escuchar sus risotadas. Carlota al oír mis gritos pidiendo auxilio, llegaba a mi rescate, era mi ángel guardián. Ella me consolaba y curaba mis pequeñas heridas. Luego subía a la habitación de mamá y molesta le decía lo que Kathy y Wilma me habían hecho, pero ella no le ponía atención. Cuando Carlota insistía, le decía que quizá yo me había lastimado hurgando en el sótano lo que no me importaba.

No comprendía por qué mi madre y mis hermanas eran tan malas conmigo.

De un momento a otro escuché el ruido de un auto, ya no alcancé a llegar a su habitación, era mi padre que regresaba, así que bajé y salí apresurada a encontrarlo. Yo soy su niña preferida, él siempre corre hacia a mí y siendo un hombre fuerte me eleva del suelo con sus grandes brazos y me da un poderoso beso en la mejilla. Siempre me llama: "mi pequeña Bernice". Yo lo idolatro.

Papá entró al salón y se sentó en su silla preferida frente a la chimenea, en ese momento mamá bajó del segundo piso y lo saludó con un beso en la frente, más frío que la helada brisa del océano que sopla en invierno. Él, para quedar bien le dijo que lucía muy linda esa tarde. Mamá sin ponerle la menor atención corrió a acariciar a Bruno, el perro de la casa. Wilma y Kathy que se encontraban allí, también lo saludaron de manera indiferente, y le dijeron que necesitaban dinero para ir de compras al pueblo.

Capítulo 2

Una noche que Paul había salido a Marine, fui a visitar a Carlota, quería que me contara más sobre mis padres, ella sabía toda la historia y yo moría de curiosidad.

Me encantaba ver la decoración de su alcoba, era muy femenina, tapiz de flores, una cama con respaldo de bronce, dos pequeñas mesas de noche con lámparas de porcelana, y sobre la alfombra siempre estaba el viejo gato Jasper, su consentido. Su mascota la seguía a todas partes, siempre le gustaba estar cerca de ella. Era un gato muy especial, grande, fuerte, de color marfil.

Carlota tenía mucho tiempo de servir en la mansión, igual que Paul. Ella había trabajado con mi abuela paterna desde pequeña. La madre de Carlota, una mujer de origen irlandés llamada Virginia, había sido la cocinera de mis abuelos por muchos años. Estando en la casa del acantilado, salió embarazada y allí nació Carlota. Desde pequeñita ayudaba a su madre en los quehaceres de la casa, con ella aprendió a cocinar, llegando a ser una experta en la materia. Cuando Virginia murió, papá le dio trabajo aun siendo muy joven. Y así fue preparándose hasta llegar a ser el ama de llaves que es ahora. Ella es la mejor testigo de las vidas de mis padres. Conocía todos sus secretos. Ella sabía más de lo que yo pudiera imaginar.

Toqué su puerta y cuando la abrió puso cara de sorpresa, pero con su dulzura de siempre me hizo pasar.

—Buenas noches Carlota, ¿puedo conversar contigo?

—Sí, por supuesto, estoy para servirle, ¿qué se le ofrece?

—Carlota, tengo curiosidad de saber la historia de mis padres, sé que la conoces bien. Las fotos del sótano no hablan, pero tú sí —le dije bromeando.

—Pero señorita Bernice, ¿para qué quiere escudriñar el pasado? Déjelo tranquilo. ¿Y por qué el interés?

—Carlota, es muy importante para mí. Tal vez me ayude comprender mejor a mamá. ¿Cómo era papá cuando estaba pequeño? ¿Cómo eran mis abuelos? ¿Cómo se conocieron mamá y papá?

Hubo un breve silencio y luego Carlota comenzó su relato. Yo era todo oídos.

—Señorita Bernice, usted sabe que mi madre fue la cocinera de sus abuelos, yo nací en esta casa. Su padre y yo teníamos casi la misma edad. La señora

Helen siempre fue una persona bondadosa y amable. Mi madre, Virginia, me enseñó desde pequeña a cocinar, pasaba horas a la par de ella, subida en un banquillo para poder alcanzar a ver todo lo que preparaba. Yo la ayudaba con tareas fáciles y lavaba la loza. A veces la veía muy cansada, ya comenzaba a enfermar. Tenía que ver con sus pulmones, respiraba con dificultad. Pero la señora Helen siempre estaba atenta a sus medicinas y chequeos médicos. Recuerdo que su papá, cuando niño, era muy generoso y le gustaba jugar con sus soldaditos de plomo, tenía buen carácter y cuando le daban esos lindos regalos en su cumpleaños los compartía conmigo, a veces me regalaba algunos. La señora Helen enviudó muy joven, pero su abuelo le dejó una buena fortuna, fue uno de los anticuarios más famosos de su época, mucha gente venía a Villa Helen para comprar antigüedades que él adquiría en subastas importantes. Todo lo que usted ve aquí en esta casa lo trajo de diferentes lugares del mundo. Aquí hay mucha historia señorita Bernice, nunca olvide eso. Imagínese tanto recuerdo aquí encerrado y quién sabe que más… —dijo— dejándome con la incógnita.

—¿Y cómo se conocieron papá y mamá?

Carlota volvió a ver el techo de su habitación como tratando de rememorar esos momentos, y continuo:

—Fue en pleno invierno que los padres de su mamá fueron invitados a la casa por sus abuelos. Ella era apenas una adolescente y cuando su papá la vio, quedó flechado inmediatamente. Era una hermosa joven, alta, esbelta y con una sonrisa de cielo. Yo me quedé absorta mirándola, pero a pesar de su belleza pude notar que era caprichosa, ya que entró haciendo una rabieta que puso en vergüenza a sus abuelos. Pude advertir que esa noche no los quería acompañar. Cuando la veo a usted siempre me recuerda a ella, no por las rabietas sino por el físico, son ustedes exactamente iguales —Carlota hizo una breve pausa para ordenar los recuerdos y siguió con el relato—. Luego el señor Joseph le extendió la mano y la saludó con una leve inclinación de cabeza como si se hubiera tratado de la realeza. Me dio mucha risa, él quería impresionarla. Entonces, ella soltó una carcajada diciéndole que si había salido de algún viejo cuento. El señor se ruborizó, pero no le prestó mucha atención. Se sentaron todos en la sala, esa noche hacía mucho frío y en el jardín soplaba una helada brisa que venía desde el acantilado, la noche era muy nublada, el cielo gris y la luna apenas alumbraba. Pero el fuego de la chimenea le dio finalmente un ambiente cálido a la casa y la conversación se animó un poco después de algunas copas.

Los mayores tomaban brandy, los jóvenes vino, y de la forma como se miraban pude adivinar que algo nacería entre ellos. Eran unos chiquillos, llenos de ilusión. Yo siempre estaba mirando detrás del telón, era muy curiosa. Él la invitó a la biblioteca con el pretexto de enseñarle la colección de monedas que su abuelo le había regalado. Doña Megan con una risita maliciosa, se sentó y le contó que pensaba ir a estudiar arte fuera de la ciudad. De pronto el silencio reinó, era divertido verlos cómo de repente habían enmudecido, como si el tema de conversación se hubiera terminado. Durante esa breve pausa, él la contemplaba extasiado.

Su papá me llamó para que le sirviera algunos bocadillos, yo obedecí y cuando pasé la bandeja ella me observó con ojos inquisitivos y haciendo una fea mueca, agarró uno de ellos. Allí me pude dar cuenta que no era una persona fácil. Su mirada no me gustó, era indagadora, desconfiada y hasta sentí que le caí mal. Sin embargo, su papá era un amor, me agradeció mil veces que les llevara algo de comer y hasta me ofreció uno. Su mamá lo volteó a ver haciendo un gesto de desaprobación. Esa noche casi no hablaron, ella escudriñaba con su mirada cada lugar de la casa mientras su papá la miraba sin mover una pestaña. Después de un rato, sus abuelos y su mamá se despidieron y se fueron. Pienso que tal vez le dio su número de teléfono y dirección en Marine, porque él se fue a su habitación llevando en su mano un pedazo de papel y poniendo una sonrisa de felicidad. Y como supuse ella regresó a Villa Helen, antes de lo que yo imaginé.

Su papá la trajo un día, dijo que le tenía una sorpresa, la mascota de la casa había tenido una camada de perritos y él quería regalarle uno para agradarla. Los cachorros eran preciosos, todos negros con sus patitas blancas, doña Megan cuando los vio enloqueció de alegría y él puso uno de ellos en sus manos y se lo obsequió. Estaba feliz, su sonrisa era limpia y franca con una dentadura perfecta.

Eso creo que lo enamoró mucho, además de su porte y esa abundante y larga cabellera color fuego que caía sobre la mitad de su cara. Tenía una personalidad tan carismática, rebelde e impredecible. Para él era la mujer de sus sueños, la chica ideal. Después del almuerzo la llevó de regreso a su casa. Siempre que ella llegaba le hacía bromas tontas y a veces se le pasaba la mano. Se tiraba a patalear como una niña cuando algo no le salía bien y algunas veces pretendía desmayarse. Yo me asusté mucho cuando un día cayó al suelo, como si fuera la fruta madura de un árbol.

Yo pienso que pretendía llamar la atención de los demás y así conseguir lo que quería. Su abuela se preocupaba mucho por doña Megan. Luego supe una historia de cuando era pequeña. Dicen que una vez no le quisieron comprar una muñeca, y entonces montó un tremendo berrinche que hizo que su cara enrojeciera y sus ojos se pusieran en blanco, le dieron convulsiones y se desmayó. Asustados la llevaron al médico y este les dijo que todos los exámenes estaban normales, que solamente era un ataque de rabia, les recomendó que le dieran una buena nalgada, para despertarla y hacerla reaccionar. Y así fue como a doña Megan se le curaron los desmayos. Tenía dos o tres amigas que llegaban a jugar a su casa y a las que siempre metía en problemas, con sus raros juegos. Tenía un increíble poder de persuasión y las obligaba a hacer lo que ella quería.

Pero no se asuste que no siempre fue así, muchas veces era divertida. Su papá no tuvo tanto tiempo de compartir con ella, ya que en esos días se alistó en el ejército. Lamentablemente, sus abuelos maternos no pudieron ver a su hija casarse con el señor Joseph, ya que un año antes de la boda ellos tuvieron un aparatoso accidente y murieron en el acto. La señora Megan se vio muy afectada, tuvieron que ingresarla en un hospital por un tiempo mientras superaba la crisis que le ocasionó la pérdida de sus padres. Fueron días difíciles para ella.

—¿Qué quieres decir Carlota?

—No me haga seguir hablando señorita Bernice, creo que ya le he contado suficiente.

—¿Pero hay algo más sobre mi madre? ¡Dime lo que sea, aunque no me guste escucharlo, tengo que conocerla más a fondo, es que no alcanzo a comprenderla y quiero hacerlo! ¿No ves cómo me trata?

—Lo único que le puedo decir, —continuó Carlota— es que su mamá es difícil, tiene que tener mucha paciencia, no es mala, solo es muy complicada y cualquier cosa por sencilla que sea la hace estallar.

Yo seguía insistiendo, quería saber más, pero en ese momento Paul entró y yo tuve que salir de inmediato. Creo que tendré que seguir visitando a Carlota y aprovechar las ausencias de Paul, me dije a mí misma. Quiero saber más.

Capítulo 3

ARLOTA me despertó muy temprano diciéndome que teníamos que ir al pueblo a comprar todo lo del festejo. Llegarían algunos amigos de mis padres con sus respectivos hijos.

Era una linda mañana y el mar estaba azul y sereno, el clima había mejorado. Mamá se levantó cantando su melodía predilecta, "Tender" de Elvis Presley, parecía alegre y llena de energía. Papá lo mismo, lucía en paz, confiado y feliz de verla así.

Me indicó que teníamos que organizar la fiesta, que todo tenía que salir perfecto como le gustaba. Se dirigió hacia el pequeño escritorio de su cuarto, abrió la gaveta y sacó un puñado de billetes, y mirándome fijamente los puso en mi mano diciendo:

—Ve a Marine, Bernice, cómprate un lindo vestido, que te arreglen el cabello, tienes que lucir linda, no me puedes hacer quedar mal.

Me acerqué para darle un beso en la mejilla, en señal de agradecimiento, pero ella retrocedió con disimulo pretendiendo no haber entendido. Aun así, le agradecí su bondad.

Paul y Carlota nos llevaron a Marine. En el camino Wilma y Kathy me preguntaron que por qué estaba tan contenta, y contesté que mamá me había regalado dinero para comprar un vestido e ir a la sala de belleza. Ellas se miraron sorprendidas y no hicieron ningún comentario al respecto. Reían entre si cuando recordaban el día que habían dejado a unos chicos plantados en el parque de diversiones y la cuenta que dejaron sin pagar en una cafetería cuando salieron a escondidas.

Después de media hora ya estábamos en el pueblo, bajamos del automóvil y cada quien agarró su camino. Carlota me acompañó a la tienda más exclusiva de Marine, *Bridal House*, propiedad de una octogenaria que traía los mejores vestidos de Londres. Cuando entré me sentí feliz y comencé a dar vueltas por toda la tienda, no sabía qué escoger, hacía mucho tiempo que no compraba nada. Me entusiasmó ver tantos vestidos. No sabía por dónde empezar. Después de probarme una media docena, finalmente decidí comprar uno de color rojo escarlata, bordado en pedrería. El tono era un poco serio pero hacía que mi blanca piel resaltara y contrastaba con el color de mis ojos verde esmeralda. Carlota lo aprobó al instante y con exaltación me dijo que era el indicado para mí.

Salí de la tienda sintiéndome especial y luego me dirigí a la sala de belleza. Cuando entré me recibieron muy bien, pasé por todos los procesos requeridos y el resultado final fue admirable. Una elegante y juvenil trenza adornaba un lado de mi rostro, y en el otro extremo de mi cabellera una fina peineta de cristal. Ahora no me vería diferente a mis hermanas, era mi noche. Esperaba no hacer quedar mal a mamá.

Llegamos al atardecer a Villa Helen. Tenía que bajar de la nube, había mucho que hacer.

Mamá nos recibió con una gran sonrisa y estaba ansiosa por ver las compras. Nos hizo sacar todo de las bolsas y la sala se convirtió en un caos de desorden con ropa desparramada por todos lados. Yo la miraba con alegría, deseaba que mi vestido le gustara, pero los de Wilma y Kathy fueron más aceptados que el mío. Sonriendo con esfuerzo me dijo que mi vestido estaba muy bonito pero era muy oscuro para mi. Su comentario no me sorprendió, pero Carlota me guiñó el ojo y me aseguró que había escogido el más lindo y sería la joven más bella de la fiesta.

Llegó el día esperado, la noche estaba clara y el cielo tenía muchas estrellas, una preciosa luna llena, daba un ambiente romántico y alumbraba todo el jardín. Carlota y Paul estaban apostados en la entrada, uno frente al otro, con sus uniformes de gala, listos para recibir a los invitados y escoltarlos al salón. Papá se encontraba sentado en el sofá con mamá y para mi sorpresa estaban tomados de la mano, mis hermanas bajaban de sus habitaciones, vestidas y maquilladas. Parecían debutantes en sociedad. Wilma llevaba un collar de diamantes y Kathy uno de perlas.

Yo aún no me vestía, volví a ver el reloj y ya marcaba las ocho de la noche, hora de la invitación. Aún estaba en la cocina con Carlota, asegurándome que todo estuviera organizado. Habíamos contratado a otra chica del pueblo para que ayudara a pasar los entremeses, y Carlota le estaba enseñando cómo debía servir. Mamá había invitado a toda la sociedad de Marine y los teníamos que atender lo mejor posible.

Corrí a mi habitación como si me persiguiera un fantasma, llegué sin aliento y fui directo al baño, me arreglé el cabello un poco y retoqué mi maquillaje. Luego me puse el vestido y una cadenita que mamá me había regalado con la imagen de San Benito. Me vi en el espejo de cuerpo entero y me pareció que lucía bien. Una chica llena de ilusiones con cara bonita y sonrisa agradable. Me animé a bajar rápidamente y al pie de la escalera estaban mis hermanas. Me miraron escudriñándome con curiosidad y boquiabiertas, tenían cara de no creer lo que estaban viendo. Me sentí incómoda, porque pude notar la expresión de envidia y rabia en sus caras. Papá salió a mi encuentro diciéndome que parecía una auténtica princesa. Tomó mi mano y me condujo solemnemente a la sala donde estaba mamá, quién lucía bellísima.

De ella no recibí ningún comentario, ni malo ni bueno. Me senté al lado de papá. Él me acercó con ternura haciéndome sentir querida y admirada. En ese instante entraba la primera pareja invitada. Paul los escoltaba ceremoniosamente a la sala. Los señores Rubén Adler, su esposa e hijo Carl, fueron los primeros en llegar. Rubén Adler era el presidente del North Marine Bank. En seguida llegó la señora Dolly Anderson viuda de uno de los hombres más ricos de la ciudad, y detrás de ella Wally, una encantadora señora que tenía un prestigioso restaurante en Marine acompañada de sus tres nietos. Pasados diez minutos llegó el pianista que iba animar la fiesta con melodías de la época. Un hombre elegante de profunda mirada, quien era recomendado de Wally. Y unos minutos después hizo su entrada triunfal el mejor amigo de papá, Robert Donovan, un veterano del ejército británico, a quien no veía desde hacía mucho tiempo

Y así continuaron llegando los demás invitados y uno a uno pasaron por la alfombra roja del vestíbulo, como si se tratara de la premiación de la Academia Británica de Artes Cinematográficas. Wilma y Kathy, mientras tanto, se dedicaron a criticar y a burlarse del pianista y por fastidiarlo, le pedían melodías fuera de su repertorio. Molestaban a Carlota y a Paul con todas sus tontas exigencias. Mamá se veía esplendorosa, sus ojos brillaban y papá no se despegaba de su lado, se sentía orgulloso de estar casado con una mujer que parecía estrella de cine. Robert aprovechó la noche para conversar con su viejo amigo y no se separó de el ni un segundo, habían sido compañeros en el ejército y tenían mucho que recordar.

Robert era un hombre atractivo con ciertos rasgos latinos, su madre era mexicana y su papá británico. Los dos entablaron una amena conversación, rememoraron viejos tiempos, antiguos amores y muchas otras historias compartidas durante la guerra. Mi madre no quería perderse un minuto de esa conversación y no les quitaba los ojos de encima, especialmente a Robert, a ella siempre la había parecido un hombre muy guapo y tan diferente a mi padre.

Por el contrario, decían que era extrovertido, osado, coqueto y mujeriego. En medio de la charla, mamá le dijo que se veía triste. Él le contó que no hacía mucho había enviudado y que envidiaba la suerte de Joseph. Luego la miró fijamente y le sonrió con coquetería. Después de un par de horas, mamá también sacó lo mejor de ella y no se movió de su lado. Parecía muy entretenida y hasta la vi flirteando con él un poco. No me gustó su actitud y me sentí ofendida por mi padre. Ese hombre no me inspiraba confianza. Pero no podía meter mi nariz en asuntos que ellos debían resolver, de todas maneras, papá no le dio importancia.

La noche iba poniéndose más animada después del champán, el brandy y whiskey, los invitados ya se encontraban en una franca plática y se escuchaban risotadas en todo el salón. La música sonaba animada y más de alguien se acercaba al pianista para cantar.

Yo salí a la terraza a tomar un poco de aire fresco, eran apenas las once de la noche y estaba cansada. Había sido un largo día, pero todo mi esfuerzo no había caído en saco roto, a mamá la felicitaban por la fiesta, la casa merecía estar en las principales páginas de la revista de *Interior Design*. Las viandas de Carlota recibieron un gran aplauso por parte de los invitados y el pianista se lució con las canciones preferidas de mamá, especialmente cuando sonó "Tender" de Elvis.

Parada en la terraza pensaba en lo injusta que había sido al habernos dejado a mí y a Carlota todo el duro trabajo de esa noche. Pero ya no había nada por hacer. Estaba a punto de tomar un sorbo de vino cuando se me acercó un apuesto muchacho y se presentó como Carl Adler. Sentí que era un oasis en medio del desierto. Me pareció apuesto y simpático. Él me devolvió un poco de energía, lo encontré extrovertido y hasta un poco atrevido. Desde que comenzó a conversar no dejó de hablar un segundo. Era un monólogo y eso me pareció gracioso, me dediqué a escucharlo, mientras observaba sus varoniles facciones y ese negro cabello que caía hasta sus hombros y peinaba con sus dedos en una abierta coquetería. Después de unos minutos pude tomar la palabra y le conté algo de mí. Su compañía era entretenida y alegre. Ya estaban sirviendo la cena y tuvimos que entrar de nuevo a la casa. Nos sentamos juntos y sentí que estaba iluminando mi noche.

Mamá abrió la cena con un brindis, elogió a Carlota por la presentación de sus platos y agradeció a sus invitados por haber asistido. Yo no conté para nada. Pero eso no me importó, yo estaba en otro mundo.

Carl y yo chocamos nuestras copas y después de unos segundos, nuestras miradas hablaron más que las palabras, había nacido entre nosotros una fuerte atracción.

Al costado de la mesa estaban Kathy y Wilma sentadas con unas ancianas y no me quitaban los ojos de encima. No podían creer que yo estuviera acompañada por el chico más guapo de la fiesta. Luego me di cuenta que les había arruinado la noche sin yo proponérmelo.

Mis padres abrieron el baile, sonaba una romántica melodía, todos aplaudieron a los elegantes anfitriones, luego se unieron otras parejas y la noche se volvió mágica cuando Carl me invitó a bailar. Por raro que pareciera era como si el cuento de Cenicienta se estuviera repitiendo conmigo, yo Cenicienta y Carl mi príncipe encantado. Sin dejar atrás las hermanas envidiosas en el cuento representadas por Wilma y Kathy. ¿Pero a qué hora se terminaría esa alegría? ¿Sería que ya no volvería a ver a Carl, que solo duraría esa noche el encanto? Como fuera yo estaba allí y esa era mi noche.

Durante el baile Carl trató de acercarme a su cuerpo y yo lo consentí, quería tenerlo cerca de mí, sentir su respiración, el aroma de su perfume. Mientras bailábamos me miraba con ternura con sus ojos grises que tenían un brillo hipnotizante. Bailamos sin parar, y yo no quería despegarme de su lado. Luego nos fuimos a sentar y él puso su mano sobre la mía. Carl quería decirme algo, pero mamá interrumpió en el mejor momento y me pidió que fuera a la cocina a ver cómo iban los preparativos, faltaba el postre y ella quería que los invitados no se fueran sin haber probado la famosa tarta de manzana que Carlota preparaba.

Entré a la cocina absorta en mis emociones y tan pronto Carlota me vio, se puso a reír. Ya estaba enterada de mi conquista y guiñándome el ojo me dijo que ese sería el hombre de mis sueños. Yo solo esperé que eso sucediera, pero no estaba segura, mamá era muy posesiva y quizá no tendría tiempo para tener un novio.

Cuando regresé de la cocina vi a mis hermanas sentadas en la mesa con Carl y temí lo peor. Wilma se dirigió a mí con una sonrisa sarcástica y me dijo:

—Querida hermanita, podrías habernos presentado a Carl, hemos estado charlando un poco mientras tú te ocupabas de lo que debes hacer. Tenemos que admitir que todo te ha salido bien. ¿Verdad Carl? —le dijo Kathy—. Bernice es la mano derecha de Carlota, como una segunda ama de llaves, —dijo con burla.

Carl solo sonrió sin hacer comentarios. Pude ver que se veía disgustado, no conmigo, pero imaginé que sería por la conversación que Kathy y Wilma tenían con él antes de que yo llegara. La envidia se notaba en mis hermanas, sentí la mala intención de parte de ellas con solo ver sus miradas. De todas maneras, yo no estaba dispuesta a desperdiciar la oportunidad de ser feliz, aunque fuera solo por esa noche. Le pedí a Carl que me acompañara de nuevo a la terraza y así pudimos evitarlas. A nuestro paso salió mamá diciéndole que quería invitarlo la próxima semana a almorzar y asegurándole que Wilma y Kathy estarían presentes. Pensé en ese instante que ella tenía otros planes diferentes a los míos y los de él.

Eran casi las doce, salimos de la terraza y nos fuimos a dar un paseo por los jardines de Villa Helen, ya el postre se había servido y pude escaparme un rato de mamá y de los demás invitados.

—Es una bella y cálida noche —me dijo Carl mirando al cielo—. Mira cómo resplandecen las estrellas.

—Sí Carl, es muy linda, vamos al acantilado a ver el brillo de la luna sobre el mar, ¿quieres?

—Lo que mi princesa diga —me contestó. Yo solo sentí un escalofrió de emoción.

Nos sentamos en la banca que estaba a la orilla del acantilado y continuamos conversando. Hubiera deseado que esa noche fuera eterna. Se veía el reflejo de la luna sobre un mar plateado. Escuché a los grillos en un canto desafinado y en mi fantasía creí que ángeles habían bajado del cielo.

Entre la plática, Carl me confesó que le gustaba, me dijo que yo era una chica muy atractiva y que le encantaría volver a verme. Yo no creí lo que estaba escuchando. No podía pensar que eso me estuviera pasando a mí.

Nadie me había dicho cosas tan lindas en mi vida. Ni siquiera aquel chico del supermercado que pretendía ser mi novio.

Le dije que estaría encantada de verlo nuevamente, pero tenía que encontrar el tiempo para eso. Que mi vida estaba totalmente dedicada a los quehaceres en Villa Helen y a lo que mamá necesitara. Le conté que llegaba un tutor a mi casa y que pronto tendría un diploma como el de mis hermanas. Que mi educación había sido más lenta, debido al poco tiempo que tenía para estudiar. Él solo pasó sus dedos por mi rostro acariciándolo suavemente. Carl me tenía flotando en una nube, ya eran casi la una de la mañana y tuve que poner mis pies sobre la tierra cuando vi a mamá parada en la puerta y con un gesto imperativo me pedía que volviera. Algunos invitados ya se estaban marchando.

Caminamos apresuradamente hacia la casa, y pude despedirme de sus padres. Él me dio un beso en la mejilla, rozando mis labios y me dijo al oído que teníamos que planear algo para reunirnos de nuevo. Caminé como una sonámbula, con él en mi mente, y llegué a la cocina donde me esperaba Carlota, estaba feliz y me dijo que ella sería mi cómplice en esos asuntos del corazón. Me pidió que confiara en ella, diciéndome que ya encontraría la manera de volver a ver a mi príncipe. Ella se portaba como una madre conmigo, siempre dispuesta a aconsejarme. La estrujé, y le di un beso lleno de ternura. Di buenas noches a mamá, a papá y a mis hermanas que me vieron como si yo fuera un extraterrestre. Robert Donovan aún estaba sentado conversando con papá y bebiendo cogñac como loco. Después Carlota me contó que fue el último en retirarse.

Llegué a mi habitación, me tiré sobre la cama, Carl estaba en mis pensamientos, y no podía olvidar ese brillo en sus ojos. Antes de dormir solo le pedí a Dios que él estuviera en mis sueños.

Capítulo 4

LA SEMANA fue algo pesada, después de la fiesta a Carlota y a mí nos tocó limpiar todo, la loza, la plata, las copas y por supuesto poner flores frescas en los jarrones. Limpiar y limpiar hasta que la casa quedara brillante como una taza de plata. Pienso que valió la pena, sin esa velada no hubiera podido vivir momentos tan especiales. Ahora mi vida tenía sentido.

Una mañana sin esperarlo, llegó un enorme ramo de rosas rojas, tenía una tarjeta que decía: para mi encantadora princesa Bernice, con mucho cariño de Carl. Entonces salté de alegría y besé el bouquet pensando que lo estaba besando a él.

Wilma y Kathy me felicitaron hipócritamente, era obvio que a ellas no les alegraba que Carl me hubiese mandado flores. Lo puse en un lugar especial en la sala. Fui a descansar a mi habitación y cuando bajé encontré el ramo destruido. Carlota me contó que vio a Kathy y Wilma merodeando por el salón y que seguramente había sido obra de ellas. Estaban en la terraza y corrí furiosa a reclamarles, con un gran cinismo me dijeron que Bruno las había botado con su cola. No me quedó más remedio que aceptar la mentira.

Al día siguiente, me levanté con la voz de pajarito de Carlota, dijo que había una llamada para mí, era Carl, cuando contesté, no pude pronunciar palabra de lo emocionada que estaba. Me controlé y mi voz apareció. Lo saludé, le di las gracias por las flores y dijo que quería llegar de visita, tenía que contarme algo. Pude percibir en su voz un poco de ansiedad. Quedamos de reunirnos en la tarde, yo también quería verlo.

Carlota preparó unas galletas de avena y las llevó a la terraza acompañadas de té. Estaba nerviosa y disimulé mi ansiedad pretendiendo leer una revista de modas. Como un reloj, Carl llegó puntualmente. El jardín se volvió más alegre con su presencia, los colores de las flores eran más brillantes, al menos así lo veía yo. Creo que estaba comenzando a sentir algo por él. Lo vi más guapo que nunca, lo invité a sentarse y me dijo:

—Antes que todo, Bernice, te quiero decir que luces preciosa, te sienta bien el color amarillo de tu vestido. Me encanta estar contigo, solo sueño con verte y quisiera ser tu amigo, tu aliado, además de tu novio.

Nos habíamos visto poco y me fascinó esa forma tan directa de decir las cosas. Hablamos de la fiesta, de los invitados y cuando tocamos el tema de mis hermanas, me dijo que tenía que contarme lo que le habían dicho.

—¿A qué te refieres? —le dije.

—Aquella noche, tus hermanas se acercaron a mí y como te diste cuenta, se presentaron solas. Pero eso a mí no me molestó, solo quería advertirte que debes tener cuidado con ellas. Yo no creí todo lo que hablaron de ti, pero debo decírtelo. Bernice, solo me bastó hablar contigo aquella noche, para saber que eres una muchacha normal como cualquier otra.

—¿Pero, que te dijeron?, dime de una vez Carl, te lo pido.

Mis hermanas habían planeado desprestigiarme para arruinar mi romance. Le dijeron que yo padecía de una enfermedad mental y que estaba siendo tratada por especialistas.

Me preguntó si yo había estado en alguna clínica psiquiátrica y si era cierto que tenía ataques inesperados de ira para luego ser internada con urgencia en el hospital.

Yo me quedé estupefacta, le aseguré que todo era mentira. Me dolió mucho pero no me sorprendió, ¿por qué, mis hermanas siempre estaban descreditándome con todo el mundo?

Después de aclarar esa falsedad, Carl me creyó sin hacer más preguntas, tomó mi mano y sus ojos expresaron lástima por mí. Me dijo que esa situación lo preocupaba y no me quería dejar a merced de ellas. Luego de su bolsillo sacó una pequeña cajita, era un regalo para mí. Puso con amor en mi muñeca una pulsera de oro con dijes de corazones. Me encantó, y estaba por darme un beso cuando mamá se plantó frente a nosotros interrumpiendo el momento con imprudencia.

Doña Megan, como a veces la llamaba, me gritó frente a Carl y me ordenó que fuera inmediatamente a limpiar la alfombra que Bruno había ensuciado. Carl se sintió incómodo y se retiró. Quizá no sea el mejor momento, me dijo. No tuve más remedio que disculparme con él. Carl no quiso hacer más drama y me prometió que regresaría al día siguiente.

Llegó a las seis de la tarde. Nos saludamos con un simple beso de amigos y decidimos ir a nuestro lugar preferido, el acantilado. Cuando nos acercamos vimos un cielo que parecía un pañuelo de seda tornasol y a lo lejos en el horizonte, divisamos una embarcación, aquel paisaje parecía una pintura. Carl se aproximó a mí y me dio un abrazo lleno de ternura y luego tomó mi cara entre sus fuertes manos y me dio un beso que me hizo pensar que el amor existía.

Fue una abierta declaración de amor, desde ese día fuimos inseparables, a pesar de la oposición de mamá y la rabia de mis hermanas, que siempre andaban por allí tratando de apartarlo de mi lado con cualquier infamia. Mamá lo quería para Wilma pero Carl fue claro cuando le dijo que era yo quien le interesaba. Nuestro amor comenzó a florecer. Éramos cómplices, amigos, novios, y compañeros para todo, yo sabía que podía contar con él. No faltaba una noche, siempre quería estar conmigo. Mi madre no estaba muy contenta pero no le quedó más remedio que aprobar mi noviazgo y aceptar que Kathy y Wilma no tenían pretendientes y los pocos que se acercaban a ellas salían corriendo y nunca más volvían.

Yo venía de la cocina cuando ella se acercó para decirme que yo era una chica fácil, conclusión que sacó después de haberme sorprendido en aquel momento en que Carl quería besarme. Insistió que yo no era para él y que había trastornado sus planes. Yo no sabía a qué se refería, pero luego entendí que lo quería para Wilma, como si a Carl le hubiera podido gustar ella. Yo callé, era mejor no contestarle, si no me pesaría. Al terminar su sermón me propinó una buena bofetada. Me fui corriendo a mi habitación llena de dolor y traté de calmarme. Llamé a Carl, le conté lo sucedido y me prometió que llegaría más tarde. Después de hablar con él, mi malestar había pasado como por arte de magia y me sentí dichosa de tener a un novio tan especial. Ya comenzaba a quererlo.

Carl llegaba a mi casa a diario después de salir del trabajo. Nuestra relación se iba fortaleciendo cada día que pasaba, y mamá tuvo que aceptar la verdad. Ya nadie podía separarnos. Kathy y Wilma ya no intentaban nada que pudiera alejar a Carl de mi lado, encontraron algo mejor que hacer: ir a Marine a meterse en problemas con los turistas que llegaban. Estaban mucho tiempo en la playa y eso contribuyó a mi tranquilidad. Pasaron días de arena y sol jugueteando con los veraneantes, quienes les prometían el cielo y la tierra, para luego esfumarse. En la época de duro invierno, no buscaban nada productivo que hacer, y cuando se aburrían, molestaban a Carlota y Paul con sus tontas exigencias. Carlota las había visto muchas veces llevar licor a sus habitaciones y para empeorar las cosas también fumaban hierba.

Yo seguía con aquella curiosidad que me comía el cerebro, siempre queriendo saber más y más sobre la historia de mis padres, de la casa, de mis abuelos y cualquier otro secreto no revelado.

Llegué a la cocina en busca de Carlota, mamá estaba ausente y di gracias a Dios. Siempre era un respiro para mí que no estuviera muy cerca. Sin embargo, mis sentimientos para ella no eran malos. A pesar de todo, la amaba.

Sorprendí a la diminuta mujercita cocinando y en puntitas me acerqué a ella abrazándola por detrás para jugarle una broma. Dio un brinco y cuando supo que era yo se echó a reír.

—¡Mi niña siempre me da unos sustos! —me dijo entre risitas—. ¿Y ahora qué puedo hacer por usted? Cada vez que la veo, realizo que el tiempo pasa veloz, usted se está convirtiendo en una bella joven y sus ojos brillan. Percibo que está enamorada —agregó.

—Carlota, necesito saber más de la historia de mis padres, quizá hasta me animo a escribir un libro —le dije bromeando.

—Pero mi niña, ya le conté todo lo que sabía, ¿o no?

—No precisamente; quiero saber si papá tuvo otras novias. ¿Qué pasó durante la guerra? Él parece triste cuando escucha esa música que entonces estaba de moda, pero al mismo tiempo sonríe. ¿Pasó algo? ¿Por qué se comporta así?

—Bueno... su papá me contó que tuvo un lindo romance con una chica francesa, y que todavía guardaba con mucho cariño su fotografía. Pero cuando regresó de la guerra, destrozado por su fallido romance, su mamá fue la mejor medicina para él. Me enteré que la chica era enfermera del hospital donde estuvo cuando fue herido en combate, volvió a casa como un héroe y no se nada más. Le dieron condecoraciones por su valor y también porque descubrió muchas obras de arte escondidas en los Alpes, que los alemanes habían robado durante la guerra. Su padre es un hombre reservado y jamás habló de eso con nadie más que conmigo. Yo soy una tumba señorita Bernice, él confía mucho en mí. Y no le puedo extender más la historia porque no sé más, se lo juro. Su padre... sabe mucho de antigüedades, recuerde que su abuelo era un experto en la materia y el señor Joseph aprendió mucho de él. Aquí hay cosas muy valiosas, que no están a la vista de todos…

—¡Pero tú estás diciendo que hay algo aquí! ¿En la casa? —le pregunté.

—Todo lo sabrá a su debido tiempo, ahora dedíquese a ser feliz —me dijo Carlota.

—Pero, ¿saber qué? ¿Insinúas que sabes algo más?

—No, yo le estoy tratando de decir que pudiera ser que algo se encuentre aquí dentro de la casa que quizá usted aún no sabe. Pero tendrá que esperar a que él se lo diga.

Carlota sin darme la oportunidad cambió el tema, evitando así que yo siguiera con mi interrogatorio. Sin embargo, yo seguía insistiendo pero fue inútil.

Entonces le pregunté:

—¿Por qué mamá y papá duermen en cuartos separados? Nunca los he visto darse un beso o hacerse alguna caricia, él parece ausente y ella es muy fría.

—No crea todo lo que ve —me dijo—, me he dado cuenta algunas veces que su mamá duerme en la habitación de él y viceversa, usted sabe que yo ando por toda la casa y sin proponérmelo me doy cuenta de muchas cosas. Ellos tendrán su manera de quererse. Y ahora mi niña tengo mucho que hacer, si me permite, tengo que ir al tercer piso a limpiar un poco.

Así terminó nuestra charla, fue breve, pero me sentí mejor cuando supe que mamá y papá aún se amaban. Y que él alguna vez había sido muy feliz en medio de la atroz guerra.

Pero… algo ocultaba Carlota, ¿qué escondía que yo tuviera que saber a su debido tiempo?...

Capítulo 5

LEGÓ EL INVIERNO y el mar entristeció, ya no estaba tan azul, pero aún guardaba esa majestuosidad, ese infinito poder. Me fascinaba ir al acantilado y sentarme a pensar. Esa noche celebraríamos el segundo aniversario de nuestro noviazgo con Carl. Mamá desgraciadamente invitó a Robert y tuve que soportar todo aquel mariposeo entre ellos, a papá solo le tocaba bajar la cabeza y hacerse el desentendido.

Después de aquella fiesta Robert no dejó de llegar a Villa Helen, siempre bajo cualquier pretexto o por invitación de mamá, pero él siempre estaba en medio de ellos. Cada vez que lo veía se me encogía el estómago, no lo soportaba. No era una persona fiable, su pasado era oscuro, y sus divorcios no decían nada bueno de él. Lo último que supe por Carlota fue que su última esposa había muerto y lo habían acusado de asesinarla. Eso me dio mucho miedo. Pero qué podía hacer, mamá lo defendía diciendo que era un buen hombre con mala suerte.

Era un poco extraño que siempre que entraba a la casa, Bruno le gruñía y le ladraba, como si nunca lo hubiera visto, Carlota lo miraba con desconfianza y Paul no lo podía ver fijamente a los ojos, decía que tenían el color de la maldad y Carl que era un ave de mal agüero. Solo a mamá le parecía un santo y papá hacía un gran esfuerzo por recibirlo, ya estaba harto de él. Las noches con Robert se volvían eternas, nunca se iba temprano y se tomaba todo lo que había en el bar. Se podía notar que tenía un serio problema con el alcohol. Era un abusivo en todo el sentido de la palabra.

Carlota me dijo que Robert había sido un hombre con un pasado dudoso. Sus aventuras con muchas mujeres hablaban muy mal de él y sus divorcios habían sido escandalosos.

Su primera esposa fue una mujer joven de la sociedad de Marine, hija de una familia de mucho dinero. Desde que puso pie en su nuevo hogar se dedicó a salir de juerga con sus amigos todas las noches a los bares, donde era ampliamente conocido.

El suegro le había dado un buen empleo y arruinó todo con su conducta. Después de algunos meses de matrimonio su esposa se cansó de él, porque siempre llegaba borracho a su casa. Ella lo botó a la calle, y al día siguiente le mandó a su abogado. Nunca tuvieron hijos.

Su segundo matrimonio se trató de un vil engaño, había conocido a una mujer en Nueva York y presumió ante ella de ser millonario. En ese momento contaba con algo de dinero que había ganado jugando al póker con sus amigos y lo derrochó para impresionar a su futura esposa. La mujer deslumbrada se casó con él, después de seis meses de noviazgo. Cuando se le acabó el dinero, se fue para Marine con ella. Eleonor, como se llamaba, se dio cuenta que era un muerto de hambre y un aprovechado. Una mañana desapareció y se fue de regreso a Nueva York. Él solo supo de ella a través de su abogado.

El tercer matrimonio duró un poco más, pero quedó en evidencia su inocencia, al ser acusado de asesinato. Nunca se pudo probar y salió libre.

La mujer era de California, veinte años mayor que él y muy rica. Él la conoció cuando ella asistió a la fiesta del Yatch Club, en Marine. Él vio en ella un buen prospecto y la engatusó como lo había hecho con las anteriores. Le envió flores y le regaló una valiosa joya que había robado a su antigua pareja. Se hizo pasar por un gran señor y engañó a Gloria Stewart quien cayó rendida a sus pies como una idiota.

Se casaron en California, ella lo llevó a vivir a su mansión y se dedicó a la "dulce vida", además de gozar de su fortuna, Gloria le regaló un velero para salir a navegar juntos. Por cierto, el bote aún lo tiene en el Yatch Club de Marine. La relación matrimonial tenía casi tres años, fue un milagro que durara tanto. Hasta ese momento se estaba portando bien, creo que Robert pensó que tenía mucho que perder y poco que ganar si andaba por allí enamorando a otras mujeres. Pero la tentación le llegó justo a la puerta de la casa cuando la hija de Gloria invitó a una joven y bella amiga. Él la persiguió sin tregua hasta que la conquistó.

Una noche estaba solo en casa y aprovecho que su mujer había salido de viaje con su hija, e invitó a la chica a cenar. En ese momento se encontraban en el aeropuerto esperando el vuelo que las llevaría a Londres. Querían asistir a un desfile de modas y pasarla bien un rato. Para desgracia de él y de ella el vuelo fue aplazado. Gloria y su hija tuvieron que regresar a su casa y encontraron a Robert en la habitación de Gloria con las manos en la masa, por no decir exactamente dónde. Se suscitó un escándalo. Gloria le gritaba a él que era un desgraciado, la hija lo golpeaba en el pecho con sus puños, la joven tapando su desnudez salió corriendo de la habitación, se vistió, agarró las llaves de su automóvil y como si el demonio la persiguiera salió rápidamente de la casa. Nunca más se supo de ella.

Y para hacer el cuento corto, el señor Robert recibió la demanda de divorcio cuando aún se encontraba en la casa de la ofendida señora. En ese momento se doraba al sol frente a la piscina con un whiskey en su mano. A pesar de que la hija le había dicho que se fuera de la casa, él todavía guardaba la esperanza de que lo perdonara.

Unos días después, Gloria apareció muerta en la alberca de su casa, se había ahogado. Cuentan que el señor Robert no había firmado los papeles de divorcio cuando esta tragedia ocurrió, por lo tanto heredó parte de su fortuna. La hija acusó a Robert de homicidio, la policía llegó, pero nunca pudieron probar que él la había asesinado. El médico forense reportó que la muerte de Gloria se debía a una mezcla de barbitúricos y alcohol. Sin embargo, la hija estaba convencida de que él la había matado.

Fue un misterio sin resolver. Después del funeral él salió de la casa con una buena tajada de la herencia y sin decirle adiós a la hija de la difunta. Se trasladó a Marine y compró una casa frente al mar. Y esa es la historia de Robert o una de tantas.

Bernice, después del relato de Carlota estaba boquiabierta, no quería tener cerca de su familia a esa larva. Pero su mamá estaba empecinada en seguir con el juego. Uno que al final se volvería muy peligroso….

Capítulo 6

ROBERT SE ENCONTRABA en su casa pensando que Megan aún no había dado el sí a sus galanterías. No sabía cómo hacer para conquistarla.

Su casa en Marine era agradable, con vista al mar, desde allí podía divisar su velero; vivía solo, sin ni siquiera un gato de compañía. Sentado y con un brandy en su mano pensaba en Megan, en la inmensa fortuna que tenía. La mujer le fascinaba, era bella. Pensó en la casa y todo lo valioso que allí había.

Robert se acordó de aquellos días en la guerra cuando él y Joseph compartieron tantas cosas, alegrías y tristezas; rememoró cuando su amigo se enamoró de aquella chica francesa judía que parecía perfecta para él.

Reflexionó que debía ser leal a la amistad que tenía con su amigo y decidió dejar a un lado sus planes.

Pero él no podría hacerlo solo, si Megan no ponía de su parte. Ella se le servía en bandeja de plata, era como un anzuelo, allí flotando para que el pez lo mordiera. Siempre estaba mostrándole sus senos, sus piernas, e insinuándose cada vez que llegaba. Alejó eso de su mente y decidió ir al bar a juntarse con los amigos de farra.

En la madrugada regresaría, como siempre, ebrio y sin remordimientos de conciencia.

Capítulo 7

JOSEPH ENCERRADO en la biblioteca pensaba en su fallido matrimonio, había hecho todo lo posible, pero nada era suficiente para su caprichosa esposa. Se deprimía, su vida no tenía mucho sentido, desde aquel día en Francia, cuando tuvo que salir sin Marie. En medio de los tristes recuerdos pensó que Megan era una medicina paliativa para aliviar el dolor de aquel amor que la cruel guerra le había arrebatado.

Se consolaba pensando que Bernice era la luz de sus ojos, aunque quería a sus otras dos hijas con todo su corazón, no confiaba en ellas. Todo eso lo entristecía, pero Bernice siempre estaba presente para darle alivio. Ella se acercaba a él cuando lo veía aislado y era la única persona que lo hacia sonreír y a quien permitía entrar en su mundo.

Estaba con papá en la terraza y para animarlo planeamos ir a cenar todos a Marine. Quería sacarlo de su encierro. Decidimos ir al famoso restaurante de Wally, la amiga de mis padres. A mamá le fascinaba la sopa de cangrejo que allí servían. Wilma y Kathy se disculparon de asistir. Di gracias a Dios ya que Carl las detestaba y sabíamos que sin ellas el ambiente sería mejor. Mamá se arregló muy linda, como siempre. Carl llegó por nosotros, y cuando entramos nos llevamos una sorpresa desagradable. Allí sentado estaba Robert en la mesa que habíamos reservado. Por supuesto, la cara de mamá irradió felicidad y corrió a saludarlo, como si este fuera un actor de cine. Papá, le dio un abrazo un poco indiferente y nosotros lo saludamos como si lo acabáramos de conocer. Robert habló de viejos tiempos, Carl y yo guardabamos silencio, mamá, ya un poco ebria se dedicó a contar chistes, y mi pobre papá trataba de disimular su enfado en silencio.

Al cabo de unos meses la relación de mis padres se ponía cada vez más tensa, la distancia entre ellos nunca había sido tan abismal. Yo temí lo peor, discutían con frecuencia y muchas veces ni se saludaban. A mamá se le había metido en la cabeza Robert, pero aún no se atrevía a tener nada con él. Él la adulaba y cuando podía, le tocaba sus piernas debajo de la mesa. Mamá estaba enloqueciendo de deseo por aquel hombre. Robert estaba teniendo paciencia y cocinando aquel caldo con lentitud. Hasta ahora nadie se había resistido a sus piropos y ella no iba a ser la única. Con descaro, al despedirse de nosotros, dijo que llegaría a cenar al día siguiente.

Un par de semanas después de aquella desagradable cena, sentí un gran alivio cuando mamá nos contó que iba de viaje a ver a una antigua amiga de colegio a Londres. Nadie en casa la conocía, pero antes de salir nos detalló a todos que habían sido compañeras en Marine y que ahora vivía en Londres. Tuve algunas dudas, pero la historia parecía real. Una mañana salió de Villa Helen con dos maletas y poniendo una bella sonrisa dijo adiós y se esfumó. Un día antes me había llamado a su habitación y me exigió que supervisara todo, que no faltara nada en la nevera, y que el jardín estuviera bien cuidado para cuando ella regresara. Lo mismo le encomendó a Carlota y a Paul. Sin duda alguna no se despidió de papa y él, como los demás, dio gracias a Dios que se alejara, aunque fuera por unos días.

Después que salió de viaje, Carlota y yo sentimos que una gran paz reinaba en la casa, excepto por Wilma y Kathy que se volvieron más exigentes, y aprovecharon su ausencia para salir todos los días y regresar hasta la madrugada. Desde que comencé mi relación con Carl mis hermanas me respetaban más y me odiaban más. Quizá porque yo tenía al joven perfecto que hubieran querido. Ellas solo encontraban vagos por allí, que les endulzaban sus oídos con mentiras para luego desaparecer sin dejar rastro. No es que tuvieran mala suerte o fueran feas, sino que los muchachos se decepcionaban rápidamente, debido a sus complicadas personalidades.

Mamá llamó para decir que había llegado bien. No preguntó por papá ni por sus otras hijas. Y como si tuviera prisa colgó de inmediato.

Pero Megan no se encontraba en ningún lugar de Inglaterra con su amiga de infancia sino con Robert. Ambos se habían puesto de acuerdo para reunirse en un hotel en Suiza. Ese sería el primer encuentro amoroso de los dos y la desgracia de ella. No tenía la menor idea de quién era Robert. Un hombre calculador, muy peligroso y mujeriego.

Cuando se vieron, en el lobby del hotel, se dieron un apasionado e interminable beso. Se registraron y sin más preámbulo corrieron directo a la habitación. Allí les esperaba una fría botella de champán y flores que el hotel había mandado a sus nuevos huéspedes, que según pensaron celebraban su luna de miel.

La lujuria y el deseo reprimido explotó en el acto. Robert sin esperar un momento comenzó a desvestir a Megan, estrujándola de manera desesperada. Los ruidos y gemidos de la pareja se podían escuchar fuera de la habitación. Después, ya desnuda, la levantó en sus brazos y la tiró sobre la cama con rudeza. Megan estaba ardiendo de deseo y le suplicaba que le hiciera el amor. Robert se desvistió rápidamente y se acostó en la cama arrimándose, la tomó de su cintura y la montó sobre él, ella al sentir su cuerpo acalorado y moviéndose, gritó de placer. Él apretó sus nalgas al mismo tiempo que besaba sus senos y pasaba su caliente lengua alrededor de sus pezones. El clímax llegó y luego los dos se quedaron sin aliento, esperando recuperarse para volver de nuevo a vivir esos momentos. Megan, a pesar de sus años, aún era una mujer bella, no podía pasar desapercibida ante nadie. Cuando se levantó de la cama, para ir al baño, Robert la observó con deseo de pasar sus dedos entre sus piernas y tocar su fino vello.

Megan, regresó y se acostó a la par de su amante y con respiración agitada le confesó que Joseph jamás le había hecho el amor de esa manera.

Después de una semana la habitación se volvió el lugar predilecto de la pareja, solo salían para ir a cenar por allí a cualquier restaurante que encontraban a su paso.

De Megan no se supo nada en Villa Helen hasta que un día llamó diciendo que estaba por regresar. Wilma y Kathy saltaron de alegría, esperarían algunos vestidos que habían encargado a su madre. Los demás solo deseaban que llegara bien y de mejor humor.

La tarde que Megan bajó del automóvil entró a su casa feliz y resplandeciente, sin remordimientos y obsesionada con Robert. Él estaba en su mente día y noche. Los amantes se volverían a ver. Tenían que buscar un escondite. Pensaron que la casa de Robert no era una buena idea ya que había vecinos que conocían a ambos.

Al llegar a su casa inmediatamente tomó el teléfono, quería hablar con su nueva amante. Megan con cinismo, lo invitó a Villa Helen a almorzar al día siguiente.

Carlota estando en la puerta se dio cuenta que llegaba el invitado predilecto de mamá e hizo una mueca de desagrado. Yo no dije nada, ese día Carl se salvó de compartir con el hombre que traería la desgracia a nuestra familia. Debido a todo lo que estaba pasando últimamente papá se deprimía mucho y estaba casi seguro de que su esposa lo engañaba. Sin embargo, él era un hombre fuerte y estaría dispuesto a luchar.

Los intentos de papá por reconquistar a mamá fueron inútiles, ella siempre trataba de estar lo más lejos posible de él. Ahora sus ausencias eran cada vez más frecuentes y solo pasaba en Marine con el pretexto de hacer compras, visitar a su modista y jugar bridge en el Yatch Club con señoras, que apenas conocía.

Papá tuvo que refugiarse en su lectura y algunas veces iba a las subastas de antigüedades en los lugares más cercanos a Villa Helen. Para mantenerse ocupado hizo un taller contiguo a la casa y con la ayuda de un talentoso joven las reparaba y luego las vendía a precios inimaginables.

Robert por su parte había alquilado una pequeña casa en las afueras de Marine, convirtiéndolo en su nido de amor. Megan pasaba muchas horas allí. Tenían sexo, conversaban, planeaban juntos un futuro. Sin embargo, Megan no parecía muy convencida de querer pedirle el divorcio a Joseph.

Ya Robert se estaba impacientando, la relación ya llevaba algún tiempo y quería ver sus sueños convertidos en realidad. Pero ella no quería perder su fortuna y posición que tenía con Joseph Wright. Tenía toda la libertad del mundo y nadie le hacía preguntas. Había logrado que Wilma y Kathy quisieran a Robert y la opinión de Bernice poco le importaba.

Robert se acercaba a ella y entre caricias y palabras amorosas trataba de convencerla. Le había dicho que él conocía a un magnifico abogado que podría conseguir un buen arreglo económico para ella. Pero Megan siempre se hacia la desentendida. Eso lo molestaba mucho y era la razón principal de sus acaloradas discusiones. Cuando la paciencia de él se agotaba la amenazaba con dejarla.

En el fondo Robert solo quería el dinero de Joseph. Los sentimientos no le importaban. Le preocupaba mucho hacerse viejo, perder su encanto con las mujeres y no contar con la fortuna de Megan.

La rutina entre ellos siguió igual y sin mayores obstáculos. Un día llegó a cenar a Villa Helen y Joseph no estaba. Carlota a pesar de sus sospechas, nunca había visto nada que le aseguraba que entre ellos existiera una relación amorosa.

Esa noche sirvió la cena a los dos como de costumbre, Wilma y Kathy los acompañaron. Todo parecía transcurrir con normalidad hasta que se comportaron como dos adolescentes. Megan llamó a Robert poniendo un tonto pretexto para que la acompañara a la habitación, y no se dieron cuenta que Carlota los siguió y se escondió detrás de una columna en el pasillo. Cuando salieron, ella los vio besándose, en una escena típica de ganosos amantes.

Ahora las cosas estaban claras, y Carlota pensó que lo más prudente era callar por el momento...

Capítulo 8

ONFORME PASABAN los días papá se veía más deprimido y enfermo. Carl y yo decidimos llevarlo al hospital, le costaba caminar y hasta hablar. Se veía como un estropajo, había perdido mucho peso. Tenía que hacer algo por él. Ya no servían de nada mis atenciones, las sospecha sobre la infidelidad de mamá lo estaba matando poco a poco.

Hablé con Carl y me dijo que en Marine estaba el doctor Glower un prestigioso médico psiquiatra, quien era amigo de la familia. Me aseguró que se ocuparía de hacer la cita.

Carl llegó por la mañana y con dificultad pudimos sacar a papá de la cama y después de media hora de viaje llegamos al hospital, el médico ya nos estaba esperando en su despacho. Era un hombre muy serio pero amable. El lugar, aunque pequeño, era iluminado y tenía una vista muy bonita a los jardines.

Nos sentamos frente a su escritorio y después de una breve entrevista, envió a papá al laboratorio para que le hicieran algunos exámenes. El doctor quería descartar cualquier enfermedad física, algún virus u otra razón que tuviera que ver con su estado anímico y los demás problemas que tenía en ese momento.

Pasamos allí toda la mañana y los resultados ya estaban listos. Una enfermera los llevó al consultorio del doctor y se los dio poco antes que nosotros entráramos. Todos teníamos cara de preocupación y hasta el mismo médico también. Nos miró fijamente y nos dijo que se trataba de una profunda depresión, que debía de ser tratada con urgencia, que papá estaba en peligro. Carl y yo nos volteamos a ver con caras de angustia y le pedimos que nos explicara con más detalle a que se refería.

El doctor Glower dijo que cuando las personas se encuentran así, solo piensan en morirse y que él estaba a las puertas de un suicidio. Nos recomendó que debíamos seguir al pie de la letra sus instrucciones, las cuales eran: una nutrición balanceada, darle sus medicamentos a tiempo y la dosis correcta, compañía para animarle y largas caminatas por los jardines. Fue específico cuando dijo que jamás debería de estar cerca del acantilado y sobre todo alejar de él cualquier objeto con lo que pudiera hacerse daño.

Después de despedirnos del médico y las enfermeras salimos de allí con la esperanza de que se recuperaría pronto. No iba a ser fácil. Tenía que pedirle a mamá que me ayudara, eso sería muy importante para la mejoría de papá.

Cuando llegamos tuvimos una pequeña reunión con ella y les pedimos a mis hermanas que colaboraran. A mamá se le notaba un sentimiento de culpa, Kathy y Wilma estaban asustadas, pero no tanto como yo lo hubiera esperado. Carlota dijo estar dispuesta a darle sus alimentos y vigilar cualquier otra cosa que fuera anormal. Ella era la más indicada. Yo estaría encargada de darle sus medicinas y mamá solo ayudaría con su presencia. Con su mente puesta en otras cosas no confiaba en ella. El perro Bruno siempre estaba en la habitación de papa, era su guardián más fiel y nos avisaría con sus ladridos de cualquier intruso o peligro que percibiera, era un perro que detectaba todo lo que parecía extraño a su alrededor.

Y así pasaron los días en la casa del acantilado, entre engaños, mentiras, traiciones y preocupaciones. Sin embargo, no todo era malo, el amor de Carl me daba ánimo, y estaba totalmente convencida de que quería formar con él una familia. Lo mismo opinaba Carlota, que siempre estaba diciéndome que no lo dejara ir jamás. Mamá estaba ya más resignada con mi noviazgo y no tenía tiempo para pelear conmigo; con Robert a su lado, yo había pasado a un segundo plano. Por otra parte, Kathy y Wilma siempre estaban en Marine pescando problemas.

Me dio mucho gusto saber que mis suegros llegarían de visita a Villa Helen, los señores Adler, una pareja casi perfecta, muy distinta a mis padres. Era un acontecimiento que nos visitaran, yo podía comprender que la mamá de Carl y la mía no tenían nada en común y eso había creado una cierta distancia cordial entre ellas. Y estaba segura que la señora Adler ya había escuchado algún rumor acerca de su romance con Robert, era una pequeña comunidad donde todos se conocían y todo se sabía. Pueblo pequeño infierno grande, como reza el refrán.

Estaba feliz de saber que sus padres querían que formalizáramos nuestro noviazgo y lo celebráramos en familia. Carlota saltaba de alegría y Paul bromeaba conmigo llamándome la futura señora Adler.

Llegaron puntualmente y la sorpresa no se hizo esperar. Papá a pesar de estar enfermo bajó de su habitación con un gran entusiasmo, la noticia le había sentado muy bien. Carlota llevo un frío champán y mis padres agradecieron la visita de mis suegros.

Wilma y Kathy solo abrían la boca y se notaban ansiosas por saber que iba acontecer. Carl me sirvió una copa y me pareció raro que al dar el primer sorbo sentí un extraño objeto que rozó mis labios, y cuál fue mi alegría cuando vi un bello anillo con un resplandeciente diamante azul en el fondo.

Esa noche Carl pidió mi mano. Mis hermanas, pusieron cara de velorio, mi madre pretendió estar sorprendida y papá saltaba de felicidad como un niño, en ese momento parecía como si sus males se hubieran disipado en un instante. Los padres de Carl parecían agradados y en la cocina Carlota y Paul también brindaban por mi unión.

Fue emocionante cuando Carl puso el anillo en mi dedo, mi cara se iluminó cuando comprendí que aquél diamante significaba solo un paso al altar.

El amor que sentía por Carl no pudo esperar más tiempo, no llegaría virgen a la iglesia. Lo hicimos una noche cuando todos estaban ausentes. Kathy y Wilma andaban vagando quién sabe dónde, Paul estaba en sus aposentos con Carlota, mamá estaba en Marine e iba a pasar la noche allí con el pretexto de que su amiga Wally la había invitado y papá dormía profundamente.

Carl me hizo el amor con delicadeza, me trató como a una frágil muñeca de porcelana y sentí que mi cuerpo estaba listo para él. Había escuchado tantas conversaciones sobre la primera vez, las chicas decían que era traumática, pero para mí significó estar en el paraíso y fue la noche más inolvidable de mi vida.

Después de algún tiempo, vimos que papá estaba mejorando. Había subido unos kilos, aunque todavía se notaba pálido y muy demacrado, su voz era más fuerte y podía caminar mejor. Ya no necesitábamos sacarlo en la silla de ruedas al jardín, ahora daba pasos más seguros, apoyado por unas muletas. Cuando salíamos le llevaba su vieja radio para que escuchara aquellas melodías de antaño. Yo sabía que esos recuerdos lo ayudaban a mantenerse vivo. Y el hecho que tuviera ganas de escuchar música, sugería que estaba más animado. Bruno siempre nos acompañaba, moviendo su cola, y no se apartaba de él un segundo. Se notaba también alegre, como si presintiera la mejoría de su amo.

Mamá cuando vio los progresos de papá, volvió a sus andanzas en Marine y llegaba justo antes de la cena. Yo sabía lo que estaba sucediendo, pero tenía que asegurarme y decidí ir donde Carlota, a quien sorprendí en la cocina preparando los alimentos de papá.

—Carlota, ¿podemos hablar un momento?

—Señorita, por supuesto. Me encanta conversar con usted, dígame.

Fui directo al grano y sin dar tanta vuelta, le pregunté:

—Necesito que me digas, si mamá y Robert son amantes.

Ella no pareció sorprenderse y me contestó sin ningún rodeo:

—Tengo que admitir que sí lo son, los vi el otro día besándose cuando salían de la habitación de su mamá. Me indignó mucho que aprovecharan la ausencia del señor Joseph, me pareció un descaro, disculpe mi franqueza, — agregó —. Se lo confieso sin preámbulos porque siento que ese señor no es una buena influencia para ella y no quiero que siga quemándose el cerebro con más dudas. Creo que es justo que lo sepa. —Y continuó diciendo—: Señorita Bernice, ese hombre es ave de mal agüero, todos tenemos que saber lo que está pasando, ya no podemos tapar el sol con un dedo. Es muy importante que estemos todos unidos. Tengo un mal presentimiento —y al decir esto Carlota hizo la señal de la cruz.

Además de ser una excelente cocinera había aprendido otro oficio de Virginia, y lo tenía muy bien guardado. Su madre le había heredado en vida todos sus conocimientos sobre ocultismo. Carlota tenía un don, sabía predecir tragedias y reconocer las señales buenas o malas.

Yo no sabía nada de eso hasta que ese día en la cocina me lo confesó y me dijo que teníamos que formar un equipo. El trabajo de Paul estaría afuera de la casa, tenía que estar atento, vigilando los alrededores. Yo a papá, a mamá y a mis hermanas. Carlota estaría en todo. Carl sería nuestro apoyo y el perro Bruno inconscientemente haría su parte avisando con sus ladridos si percibía algo extraño. Ella aseguró que se sentía en el aire algo malo que aún no podía describir.

Carl llegó de visita como lo hacía siempre después de su trabajo, la noche estaba más oscura que nunca, no había una estrella en el cielo y el mar rugía como si fuera un animal salvaje. Se estrellaba furioso contra las rocas del acantilado.

Estábamos sentados en nuestro sitio preferido, y de repente un extraño temor se apoderó de mí. Sentí un escalofrió en mi espina dorsal y mi piel se puso de gallina, a Carl también le estaba pasando lo mismo. Nos levantamos y cuando nos dirigíamos hacia la casa vimos una inmensa nube negra sobre el techo de Villa Helen. Era algo terrorífico, de ella salían amorfas figuras y se movía como un pequeño tornado. Nos quedamos paralizados y nos abrazamos. No sabíamos si entrar en la casa o no. Pensamos que lo mejor sería llamar a Carlota, para que nos explicara lo que estaba sucediendo. Le pegamos un grito y ella salió inmediatamente, llegó donde estábamos parados y cuando vió aquella escena, se puso blanca como un papel. Se quedó mirando y como sumida en una especie de trance, nos dijo:

—Tendremos que ser fuertes y estar más unidos que nunca, episodios trágicos sucederán en esta casa, la codicia será el motivo.

Y de nuevo hizo la señal de la cruz, murmuró algunas palabras que no logramos entender y nos dijo que ya no siguiéramos viendo esa nube.

—¡Entren a la casa y rápidamente vayan al cuarto de su papá, a ver cómo se encuentra y recen mucho, que esto es un mal presagio!...

Seguimos las órdenes de Carlota, corrimos hacia la habitación de papá, y lo encontramos respirando con dificultad, no sabíamos qué estaba sucediendo, de nuevo el miedo se apoderó de nosotros, nos hincamos a rezar, le dimos un poco de agua y después de algunos momentos se calmó. Lo vimos asustado y nos dijo que había sentido que lo estrangulaban, su frente estaba perlada de sudor. Lo toqué y estaba frío. Tratando de no aumentar su terror, no le contamos nada de lo que acabábamos de ver. Lo acompañamos un buen rato hasta que se quedó dormido. Después de un momento se notaba que ya estaba en paz y tranquilo.

Al día siguiente mamá amaneció contenta, ignorante de todo lo que había pasado la noche anterior. Cantaba y ponía flores frescas en los jarrones. Le había dicho a Carlota que no llegaría temprano. Antes de salir llegó a la habitación de papá y después de cinco minutos salió con afán como si fuera una empleada que llegaría tarde a su trabajo. Iba a reunirse con su amante.

Capítulo 9

ILMA Y KATHY hacían de las suyas, el verano se anunciaba con un sol radiante y los viajeros comenzaban a aparecer por todos lados, ellas eran como caballos desbocados, no hacían caso a nadie, Carlota, había tratado de aconsejarlas y decirles que tuvieran cuidado con esos vagos que siempre se encontraban en la playa. Que se acordaran que su padre estaba enfermo y no podía tener ningún disgusto. Pero eso a ellas poco les importaba, siempre habían sido extremadamente egoístas.

Ese día salieron de farra, los forasteros iban y venían por las calles de Marine, el pueblo había revivido después de un cruel invierno, los bares estaban llenos, lo mismo que el parque de diversión. Los comerciantes hacían lo suyo y por donde se viera había alegría. La policía se mantenía atenta vigilando todo Marine, especialmente la playa.

Wilma y Kathy decidieron pasar ese día bajo el sol, no sin antes visitar la tienda de trajes de baño. Wilma escogió uno de dos piezas y Kathy el más atrevido bikini. Al llegar se tiraron sobre la arena y untaron sus cuerpos de crema bronceadora. Habían llevado licor disfrazado como refresco de naranja y comenzaron a tomar como si estuvieran en un desierto.

El alcohol hizo su trabajo y en ese momento estando ya un poco ebrias se les acercaron dos jóvenes que decían venir de Liverpool. Tenían pinta de vagabundos, sus cabellos eran largos y se notaba que no habían tomado una ducha en muchos días. Parecían no tener ningún oficio. Pero ellas estaban desesperadas por aventura y compañía.

Los muchachos se presentaron y Kathy, que era la más extrovertida, los invitó a sentarse con ellas. Después de un momento uno de los jóvenes les dijo que si querían probar cannabis. Kathy dijo inmediatamente que sí, Wilma no estaba muy segura, pero Kathy la volteó a ver con ojos amenazantes y sin decirle una palabra la convenció. Los chicos ya parecían un poco drogados y el día apenas comenzaba.

Sacaron un cigarro de mariguana y se pusieron a fumar compartiendo con ellas la droga, sin medir las consecuencias de lo que podía suceder. Esa tarde sería la peor pesadilla para Kathy y Wilma. Vivirían una amarga experiencia.

El atardecer era un espectáculo, la mezcla de colores en el cielo parecía sacada de la paleta de un pintor. Los niños jugaban en la arena y sus padres no los perdían de vista. Había muchos jóvenes jugando con pelotas de goma y otros correteando por toda la playa. Las muchachas se doraban al sol, escuchando su música favorita. Y personas de la tercera edad estaban sentadas en sus poltronas cómodamente leyendo un libro o alguna revista.

Mientras, Wilma y Kathy ya no podían ni con su alma, estaban drogadas y borrachas. La policía pasaba con frecuencia y observaba desde arriba a todos los bañistas. Los jóvenes acompañantes insistían en ir a algún motel, querían tener sexo. Para ellos, sexo y droga era el entretenimiento perfecto. Wilma no quería y tenía miedo, pero Kathy era atrevida y no sentía ningún temor. Entonces, hubo una disputa entre ellas sobre el tema. Los jóvenes se reían al verlas discutir acaloradamente, y ya estando más drogadas se comenzaron a jalonear de los cabellos. Kathy que era la más fuerte le dio una sonora bofetada a Wilma y esta irrumpió a llorar. Los vagos solo soltaron una estruendosa carcajada. Ya el sol se había ocultado, estaba anocheciendo y no parecía que el día acabaría bien. La playa había quedado desierta a excepción de alguna que otra pareja que aprovechaba la soledad del momento.

Arriba sobre la calle estaba un oficial que observaba con atención el escándalo. Uno de los muchachos llevo a Kathy detrás de una inmensa roca, estaba feliz y no opuso resistencia, ya que las drogas estaban haciendo efecto en ella y no podía discernir con claridad. El joven pensó que sería el escondite perfecto para hacer con ella todo lo que quería. El desconocido, estando allí la empezó a besar con rudeza y sin ninguna consideración le arrancó el bikini. Kathy opuso resistencia cuando sintió que el hombre estaba abusando de ella, quiso gritar, pero le tapó la boca con su sucia mano y la obligó a quedarse quieta por la fuerza. La estaba violando.

La desesperación se apoderó de Kathy y ríos de lágrimas corrían por su juvenil rostro, mientras el vago se reía de ella.

Un poco más allá se encontraba Wilma quien comenzó a gritar a todo pulmón cuando se dio cuenta que a su hermana la estaban atacando. El policía al oír el alarido de la muchacha, bajó a la playa corriendo y cayó rodando en la duna de arena, hasta lograr ponerse de pie. Wilma con cara de terror le dijo que a su hermana la estaban violando. El hombre se apresuró hacia donde se encontraba. Cuando vio al muchacho encima de la joven, lo agarró del cuello y forcejeó con él logrando ponerle las esposas. El policía había atrapado al maleante y lo empujaba con rudeza obligándolo a caminar rápido. En ese momento divisó a Wilma, que sentada, se agarraba la cara llena de terror, estaba fuera de control y no podía ni hablar. Cuando el oficial quiso ir por el otro vago, este ya había huido de la escena.

Los tres jóvenes fueron llevados a la estación para ser interrogados. Ellas también serían sancionadas por consumir estupefacientes. Sin embargo, les fijaron una fianza, no tan cuantiosa, ya que no tenían antecedentes. Al atacante lo metieron en la cárcel y nunca más se supo de él.

Las dos sentadas en la estación de policía, lloraban sin parar y suplicaban a los oficiales que no contactaran a sus padres. Kathy siendo la más astuta, le dijo a Wilma que tenía una buena idea: llamar a Robert.

Él llegó de inmediato, pagó la fianza y liberó a las hermanas. Cuando llegaron a Villa Helen ya era tarde y para no despertar ninguna sospecha dijeron a su madre que Robert las había convidado a cenar. Megan y Joseph jamás supieron lo que había pasado. Ahora tenían una deuda con él y se las cobraría muy caro.

Capítulo 10

EN UN LUGAR SECRETO de Villa Helen Joseph conservaba un valioso tesoro. Se trataba de una joya en forma de huevo, hecho por Carl Fabergé, el joyero de la corte de los zares de Rusia, quien lo había diseñado especialmente para la zarina Alexandra. Su valor era incalculable.

Solo una persona en la casa del acantilado sabía de la existencia de la joya Fabergé, y esta era Carlota; Joseph confiaba ciegamente en ella y le había contado donde se encontraba. Sus hijas Kathy y Wilma lo ignoraban. Megan también sabía de su existencia, por lo que decidió tener paciencia y ganarse más su confianza para que le revelara el lugar en donde estaba aquel tesoro. Por esa y muchas otras razones, jamás lo dejaría.

Ella había cometido el error de contarle a su amante toda esa historia. No pensaba hacerlo, pero se le dijo espontáneamente en un momento de loca pasión.

Como siempre los amantes se reunían todas las tardes en las afueras de Marine, en la pequeña y acogedora casita frente al mar, el lugar perfecto para lo prohibido y cada vez que se veían hablaban del tesoro escondido. La ambición de tener la casa para ellos solos y todo lo que allí se encontraba, se volvió una obsesión. Esto les permitiría comenzar una nueva vida. Pero había un pequeño problema, y ese era Joseph.

Megan se volvía loca con Robert en la cama, él sabía hacerle el amor, salvajemente, sin restricciones, sin moral alguna, su lujuria no tenía límites. Pero Megan también tenía un lado bueno y mantenía dentro de ella una lucha interna con su conciencia. El problema era que cuando estaba con Robert, su mejor lado desaparecía como por arte de magia, él la dominaba.

Robert no sabía cómo convencer a Megan para que se divorciara de Joseph. Tenía algunas ideas, pero no estaba seguro de cuál le daría un mejor resultado. Su primer plan había fallado: enamorar a Megan, y amenazarla con dejarla sino se decidía por él. Ella ahora más que nunca se negaba a abandonar a un hombre enfermo, pensando que tenía la posibilidad de convertirse en una acaudalada viuda.

Sentado en su poltrona, Robert planeaba cómo hacer para convencer a su amante. Pero ya había agotado todos sus recursos. Para darle un descanso a sus pensamientos, salió de su casa y se dirigió al bar más cercano. Tal vez estando allí la bebida le daría alguna respuesta. Esa noche estaba sentado en la barra a la par de una mujer que se notaba borracha y ésta había comenzado a conversar con él, y como si fuera su confidente le dijo que ella había ganado la batalla; Robert quedó pensativo sin saber a lo que se refería. Él no le prestó mucha atención, hasta que la mujer insistiendo le dijo que si quería saber su historia. Él con indiferencia la escuchó. El *barman*, se acercó y con una sonrisa burlona le dijo que todos los borrachos tenían una historia que contar.

La mujer sin ninguna timidez le relató que su esposo tenía una amante y la quería abandonar. Durante la plática mencionó a una bruja llamada Ross, y con satisfacción le contó que a ella le debía su triunfo. Riendo a carcajadas le dijo que Ross ya le había quitado de en medio a su rival.

Robert al oír esto se interesó, ahora sí escuchaba atentamente. La mujer con voz pastosa le narró que Ross había conseguido que su adversaria enfermara y muriera. Dijo que la bruja se había encargado de todo. A Robert le saltó una chispa en su mente, pensó que esa bruja lo podía ayudar. Siempre le había llamado la atención conocer lo oculto y decidió pedir la dirección y el teléfono. Él también quería a Joseph muerto.

La bruja Ross pasaba desapercibida en el pueblo, casi nadie la conocía, a excepción de unas pocas personas. Era una mujer mestiza, con mirada penetrante, cabello negro rizado y muy alta. No era tan vieja y vivía sola en una cabaña en medio del bosque. La bruja era originaria de Haití y residía en Marine hacía muchos años. Atrás de la casa estaba una pequeña tumba donde estaba enterrado su marido Edmund, quien había sido un sacerdote vudú. Todos sus trabajos los consultaba con él, y Edmund le ayudaba desde el más allá. Al pie de su tumba siempre había comida, botellas de ron y otros amuletos. Para ella Edmund vivía y se tenía que alimentar.

Sin perder tiempo, tomó el teléfono e hizo una cita con Ross. Ella le dijo que lo esperaba al día siguiente, cerca de la medianoche, haciendo énfasis en que era la mejor hora para comunicarse con los espíritus.

Él puso todas sus esperanzas en Ross, quizá podría darle algún brebaje para envenenar a Joseph, o hacerle algún conjuro que lo llevara a la muerte. Tendría que ver que le aconsejaba la mujer.

Robert en su casa, sentado frente a la chimenea, veía su reloj con ansiedad, ya eran las once de la noche, había llegado el momento de salir. Había tomado algunos tragos de más, pero ya estaba acostumbrado a manejar así. Salió en su auto y se dirigió a la casa de Ross. El camino era sinuoso y grandes árboles bordeaban la calle. La noche era negra, como era el alma de su futura aliada. El viento provocaba que las ramas de los árboles se golpearan entre sí produciendo un macabro ruido. Los búhos entonaban su canto, los grillos chillaban con desesperación sin parar un segundo y la niebla era espesa, haciendo difícil la travesía.

Robert no sentía temor alguno, iba tranquilamente manejando y pensando en Megan. Cuando inesperadamente, de entre los arbustos salió un extraño animal, era un lobo, totalmente blanco y sus ojos de color azul-eléctrico estaban inyectados de sangre. Robert logró frenar a tiempo, evitando así atropellar al animal que lo había sorprendido y sacado un tremendo susto. Al sentirse acorralado, el animal enseñó los colmillos con ferocidad, parecía como si lo fuera atacar, pero luego se desvaneció ante sus ojos, como si no hubiera sido real. Un escalofrió recorrió todo su cuerpo e inmediatamente intuyó que estaba cerca de la casa de Ross. A lo lejos, entre la maleza, pudo divisar lo que parecía una cabaña. Cuando estacionó el auto, un perro de proporciones anormales le salió al paso ladrándole con brutalidad. Era un feo animal, sus mandíbulas enormes estaban llenas de una baba negra y asquerosa, parecía una bestia sacada de una película de terror. Robert jamás había visto colmillos más grandes y puntiagudos. De pronto, le pareció extraño ver, de nuevo, a aquel lobo blanco que había visto poco antes de llegar. El animal volvió a desaparecer entre las sombras de la noche y Robert se descontroló un poco.

Ross salió de la casa, con un grito calló al enorme perro y este se alejó rápidamente, con la cola entre las patas emitiendo un quejido de dolor. Robert al verla la saludó con miedo. Ya sus nervios comenzaban a traicionarle, pero tuvo que calmarse cuando vio a la mujer. No podía mostrarle miedo. La bruja irónicamente lucía agradable, llevaba un llamativo vestido de flores y un turbante de la misma tela en su cabeza y sus facciones no eran feas.

—¿Es usted Ross? —le preguntó Robert.

—Sí, soy la misma, ya te estaba esperando, mis espíritus del bosque me dijeron que ya estabas cerca.

Ross tenía una expresión sarcástica en su cara y sus ojos se veían rojos, como si hubiera bebido. Había un olor raro en el ambiente y antes de entrar pudo ver la sombra de lo que parecía la silueta de un hombre en la ventana.

—¿Vengo a tiempo señora? —le preguntó Robert—. ¿Está usted sola?

—Nunca estoy sola, amigo, siempre están mis espíritus guardianes y Edmund me está acompañando en este momento.

—¿Quién es Edmund? —preguntó Robert.

—Es mi difunto marido, y cuando trabajo siempre lo llamo para que me asista.

—Ahh… ya entiendo —dijo Robert, como si de algo normal se tratara y pretendiendo no estar asombrado.

—Pase, vamos a ver qué puedo hacer por usted —agregó soltando una macabra carcajada.

Entró con ojos más abiertos que dos platos. Dentro de la casa solo se encontraba una mesa de palo, pocas sillas y una cama. Lo que parecía la cocina estaba llena de utensilios sucios, y había hierbas en botes de vidrio por todos lados. Era una simple cabaña de madera vieja y raída. En el centro de la vivienda estaba un pequeño altar, donde se encontraba una foto de Edmund, unos huesos que parecían de algún animal, unas fotos de entidades cristianas, un muñeco de tela roja, un manojo de hierbas marchitas, velas de varios colores, una botella de un oscuro ron, tres cráneos humanos descansaban sobre la parte de arriba y para terminar un puñado de tierra dentro de un envase transparente, que Ross dijo era de la tumba de Edmund. En una esquina, cerca de la cama estaba un machete que servía para la ceremonia de invocación a los espíritus.

Ross le ofreció a Robert un vaso de ron, bastante fuerte, y él sin hacerse de rogar lo bebió todo de un solo trago pensando que le ayudaría a calmar sus nervios.

Ella lo observaba y no paraba de reír. Mirándolo con curiosidad de pies a cabeza, le dijo que ya sabía a qué llegaba. Que sus ayudantes le habían comunicado que la razón de su visita era conquistar la voluntad de su amante y deshacerse de un "estorbo". Seguidamente describió a Megan a la perfección. Él se sintió más sorprendido y perturbado. Pero ya estaba allí y necesitaba de Ross más que nunca. No daría marcha atrás. Después de una breve conversación, la mujer le dijo que necesitaría algún objeto personal del "estorbo", como ella lo llamó.

Antes que nada, quiero que vayamos a visitar a Edmund, le dijo, como si el muerto bajo tierra la fuera a escuchar. Fueron a la parte de atrás y unos pocos metros más allá de la casa, estaba una especie de lápida y sobre ella el nombre de Edmund Perault. Ross se acurrucó y así lo hizo Robert también. Estando allí. Ross le dijo:

—Escucha Edmund, aquí te presento a Robert, tenemos que ayudarle, ¡escucha bien!, tenemos que deshacernos del "estorbo", del hombre que le está robando la paz a nuestro amigo aquí.

Robert le preguntó a Ross, con cierta credulidad:

—¿Y qué dice Edmund?

Ross le dijo con una mirada de rabia:

—Se está riendo a carcajadas de nosotros y a la vez está muy molesto, tendremos que calmarlo, ya regreso.

Y corriendo entró de nuevo a la casa. Cuando regresó traía consigo la botella de ron, hizo gárgaras con el licor y luego lo escupió sobre la tumba.

Robert abría la boca, ya sus nervios estaban mejor, y en ese momento observaba más con curiosidad que con miedo.

—¿Y ahora qué pasa Ross? —le preguntó Robert.

—Ya se calmó, dice que nos va ayudar, pero que no va a ser fácil, tendrá que pedir la colaboración de otros espíritus. Tienen que ser de seres que se hayan suicidado, que hayan sido torturados, o que fueron asesinos. Almas en pena que buscan venganza, o no vamos a ganar la batalla —de repente calló y se quedó inmóvil, y unos segundos después, le preguntó a Robert:

—¿Escuchas?, hay un rumor que viene del bosque… lo trae el viento... son las voces de los espíritus, está claro que Edmund está de acuerdo y ha aceptado ayudarnos.

Después de eso, cogió un puñado de tierra de la tumba de Edmund y dijo que la usaría para hacer el conjuro. Ross se despidió del muerto como si lo estuviera viendo.

Los nervios de Robert se descompusieron cuando sin esperarlo escuchó una voz ronca y cavernosa que decía "ADIEU" (ADIÓS) y que venía de la tumba donde Edmund, supuestamente, descansaba.

—Por ahora —dijo Ross— eso sería todo —y fue categórica cuando le pidió que no faltara a la próxima cita para realizar el ritual, que tendría que ser a la medianoche.

Capítulo 11

OSEPH se había levantado con buen ánimo esa mañana y Carlota, como siempre, lo atendía con mucho esmero. El clima le estaba sentando de maravilla y sobre todo los cuidados que le daban. Por su parte Megan, ya viéndolo mejor había vuelto a sus andanzas más que nunca y se comportaba hostil hacia él. Joseph sospechaba y estaba casi seguro que su esposa lo engañaba, pero lo disimulaba muy bien.

Joseph y Bernice salieron a dar su acostumbrado paseo y él con voz ansiosa dijo que quería hablar con ella de algo muy importante.

La mañana era espléndida con un sol radiante. Paul como siempre cantaba podando el césped. Cuando pasaron a su lado, él les dio los buenos días con una gran sonrisa. Al alejarse un poco de la casa, pudieron ver que la mansión era preciosa, les hacía pensar que estaban viviendo en el pasado. La casa se veía tan bien conservada y aún guardaba la elegancia de aquella época.

Joseph agarró de la mano a su hija y se sentaron en la glorieta cerca del cementerio familiar. Y con mucha parsimonia, le dijo:

—Bernice, sé que para ti la vida no ha sido fácil, tu madre no te ha tratado como lo ha hecho con tus hermanas, pero no es mala, solo es una persona muy complicada. Pero así me enamoré de ella, sin embargo, no creo que sea la persona indicada para que sepa lo que te voy a confiar.

Bernice callada, lo escuchaba con atención.

—Papá —le dijo—, ¿qué quieres contarme?, tú sabes que puedes confiar y contar conmigo para lo que sea.

Joseph se quedó pensativo un momento y luego continuó:

—Quiero que sepas que en esta propiedad hay un tesoro escondido, algo de mucho valor, y quiero decirte dónde se encuentra. Tu madre no sabe nada y no pienso contarle —dio un profundo respiro y agregó que presentía que no iba a vivir mucho tiempo.

Al escuchar a papá, pensé que estaba soñando, no lo podía entender, pensé que esas cosas solo podían pasar en novelas. Pero, me llenó de tristeza cuando dijo que presentía su muerte. Y un poco alarmada, le expresé:

—Papá, no digas eso, ¡si estás mejor!

—Bernice: algún día voy a faltar, tú y Carl se han portado muy bien. Han sido mi única compañía y han estado pendiente de mí durante mi enfermedad. Desgraciadamente Kathy y Wilma no se han tomado la molestia de preguntarme cómo me encuentro y tu madre no sé en qué anda. Sin embargo, te tengo que pedir que estés pendiente de ella. Quiero que tú, además de Carlota, sepas dónde está la joya. Tengo miedo por tu mamá, pero estoy seguro que tú te harás cargo si yo llegara a faltar. Tendrás que tomar el control de todo, Bernice. Tú serás mi única heredera, esa es mi última voluntad.

—Papá haré cualquier cosa que me pidas —le dije, con un fuerte convencimiento.

Cuando él terminó de hablar escuché un ruido y sentí que alguien nos vigilaba, pero pensé que los nervios me estaban haciendo percibir cosas que no eran reales. Más tarde me di cuenta que no me había equivocado cuando supe que Kathy andaba merodeando por allí y había oido nuestra conversación.

Papá esa mañana no me reveló el lugar exacto donde se encontraba el tesoro. Pero me pidió que hablara con Carlota y dijo que ella me lo diría.

Regresamos a la casa, lo llevé a su habitación y lo arropé bien. Después bajé a la cocina y allí estaba aquella mujercita dueña de tanto secreto. Le conté lo que papá me había dicho y ella no se mostró sorprendida, sabía muy bien que él solo confiaba en mí.

Me serví una taza de té y le pedí que me dijera todo lo que sabía acerca de esa joya y su historia. Pensé por un momento que todo lo que estaba pasando no era real, que papá se estaba volviendo loco, pero Carlota me confirmó que no era ninguna fantasía. Que efectivamente, en la casa había una joya de mucho valor.

Ella hablaba quedito para que nadie la pudiera escuchar, me dijo que ni siquiera Paul, su marido, sabía dónde estaba. Esa tarde me contó, que tenía la forma de un huevo y estaba cuajado de piedras preciosas y había sido diseñada por Carl Fabergé para la zarina de Rusia, Alexandra. La describió como algo que hacía enmudecer a cualquier persona, y que las piedras que adornaban su superficie cegaban con su luz.

—Sí señorita Bernice, esa joya tiene una linda pero triste historia, la sé porque el señor Joseph un día me la contó. Una noche subió a mi habitación y me la mostró, yo quedé extasiada ante aquella belleza. Estaba totalmente cubierta de diamantes, rubíes, esmeraldas y dentro había una estatuilla de oro macizo, replica del caballo preferido de la zarina Alexandra. Es una pieza que muchos buscadores de tesoros hubieran querido encontrar. Después de que le cuente la historia, le voy a decir el lugar donde se encuentra, tenemos que estar atentos y cuidar ese tesoro. Esa maravilla desatará el odio y la codicia, pero como ya le dije antes, todos unidos podremos vencer el mal.

Ya eran casi las nueve de la noche, una fresca brisa soplaba desde el océano y de repente comenzó a llover fuerte. En ese momento mamá entraba sin hacer el menor ruido y subía la escalera en puntillas. Parecía una adolescente que trataba de esconderse de sus padres. Me dio mucha lástima cuando la vi ebria y empapada de agua. En ese momento Kathy y Wilma se encontraban en sus habitaciones haciendo de las suyas como siempre. Kathy se había vuelto más irritable que nunca y maltrataba mucho a Wilma, la insultaba y le gritaba por cualquier cosa. Más tarde me enteré de lo sucedido en la playa y sentí mucha compasión por ella. Cada día estaba más amargada y había perdido un poco la razón. Ese triste episodio la volvió más desquiciada. Quise ayudarla, pero estaba segura que ella no lo permitiría.

Esa noche me retiré a mi habitación y quedamos con Carlota de seguir conversando al día siguiente. Estaba cansada y era hora de poner mi mente en reposo, demasiada adrenalina corría por mi cuerpo y no estaba segura si iba a poder conciliar el sueño después de la confesión de papá.

Por la mañana Carl me despertó con un melodioso buenos días, me sentía tan unida a él, y más enamorada que nunca. De vez en cuando salíamos a Marine a cenar al restaurante de Wally y nos divertíamos mucho. Me encantaba su compañia, sus besos, sus caricias y cómo me hacía el amor. Era un hombre muy sensual y yo sentía que era especial para él. Nuestros encuentros amorosos eran en la playa al bajar del acantilado, allí teníamos nuestro escondite donde nadie nos podía ver. Dábamos unas largas caminatas y nos gustaba sentir la sensación de la arena y el agua en nuestros pies. Muchas veces nos sentábamos allí y luego nos acostábamos a mirar todo aquél inmenso cielo estrellado sin decir una palabra.

Desde abajo podíamos ver la casa sobre el acantilado, hermosa e iluminada, rodeada de aquellos inmensos jardines y el bosque al fondo. Durante nuestras caminatas soñábamos que aquella casa algún día sería nuestro hogar y el de los hijos que tuviéramos. Me sentía orgullosa de pensar que seríamos la tercera generación dueña de Villa Helen. Y me dolía aceptar que mis hermanas no fueran participes de nuestros sueños. Yo amaba aquel lugar, tan lleno de recuerdos y estaba dispuesta a dar mi vida por él.

Me horroricé cuando recordé aquella extraña nube negra, arremolinada sobre la casa. La salud de papá, el repentino cambio de mamá y ese intruso de Robert que la envolvía con sus mentiras. Me preocupaban Kathy y Wilma que no hacían nada por construir un futuro provechoso. Tanta cosa que estaba sucediendo me angustiaba de sobremanera. No quería pensar que aquel mal presagio se pudiera convertir en una pesadilla. Que pudiera ser una advertencia de cosas malas que iban a pasar. Traté de apartar esos maléficos pensamientos de mi mente y concentrarme en saber más sobre la historia de la joya. Me parecía interesante. Llegué a la habitación de Carlota, ella ya descansaba y su gato Jasper, como de costumbre, estaba sobre la alfombra, y Paul había salido a Marine. Le pedí que me narrara la historia y ella comenzó a contármela sin omitir ningún detalle:

—Su papá en aquellos días se había unido al ejército británico y lo habían mandado a combatir a Francia. Los alemanes en ese momento habían invadido muchos países en Europa, pero Inglaterra no era uno que se rendiría fácil. Estaban luchando contra el monstruo alemán desde todas las trincheras. Recuerdo que su abuela Helen lloraba mucho pensando que no volvería a ver a su hijo. Ella siempre estaba con la radio en sus manos, y recuerdo haberla visto apenada cuando dijeron que Francia había sido ocupada por los nazis y que aún habían quedado soldados británicos en ese país.

No había forma de comunicarse con su padre, no sabíamos si estaba vivo. Pero un día tuvimos noticias de él, supimos que estaba herido y se encontraba en un hospital en las afueras de París. Durante la guerra grupos de ciudadanos franceses se unieron y formaron la resistencia para poder sobrevivir a la ocupación alemana y ayudar a los demás. Y una de ellas fue Marie Belliger. Marie trabajaba como enfermera en ese hospital donde se encontraba su padre, había sido herido en combate y estaba convaleciente. Contaba que ella fue la primera persona a la que vio cuando despertó en su cama. Sonreía cuando me dijo que había pensado que Marie era un ángel y que él ya estaba muerto. Marie le había salvado la vida y lo había cuidado con mucho esmero. De allí nació entre ellos una gran amistad y complicidad.

Los alemanes estaban por todos lados y muchos franceses les colaboraban sin poner obstáculos, entraban al hospital a buscar posibles enemigos del régimen nazi. Cuando Marie se dio cuenta que era británico, acudió rápidamente a sus amigos de la resistencia francesa para pedirles que le dieran un pasaporte falso con el nombre de Pierre Cloé. Pero el verdadero Pierre había sido un compañero de Marie en la resistencia y fue atrapado por soldados alemanes cuando llevaba una importante información. Lo capturaron, lo torturaron y luego asesinaron. Pierre tenía varios pasaportes y en ese momento no tenía el que luego Marie le dio al señor Joseph. Ella era judía francesa, pero su apariencia no la delataban como judía. Para Marie era más fácil pasar desaperciba y estaba dispuesta a ayudar a todo aquel que odiara el régimen nazi. Sus padres habían desaparecido y ella temía que estuvieran en un campo de concentración. Habían sido muchos los franceses que habían sido enviados a campos de exterminio, y desgraciadamente por las mismas autoridades francesas. Marie quería conocer su paradero, pero no sabía como.

Cuando a su papá le dieron de alta, le dio refugio en una pequeña habitación que tenía. Dice él que allí volvió a nacer, con los cuidados de su samaritana. La enfermera era una mujer muy bonita, y sobre todo muy astuta. Era alegre y un poco callejera. Le encantaba ir a los bares y disfrutar de la compañía de amigos.

París en ese momento, irónicamente, era una ciudad vibrante y con la llegada de los alemanes proliferaron los lugares para divertirse. Parecía que nada sucediera allí. Los parisinos trataban de llevar su vida con la mayor normalidad. Me dijo que le molestó ver cómo muchos de ellos trataban bien al enemigo. Mujeres de la farándula y artistas tenían relaciones con algunos altos oficiales del régimen opresor, sin importarles que fueran sus victimarios.

Juntos en la habitación pasaban largas horas conversando y escuchando música, decía su papá que hasta bailaban y en ese compartir se enamoraron con locura. Marie daba la vida por su papá y él la adoraba sin límites. Él evitaba salir, estaba voluntariamente preso y feliz a la par de su amor. Ella salía a comprar los víveres y lo que pudieran necesitar, y trataba de tener cuidado que nadie se enterara que el señor Joseph estaba allí.

Pero Marie quería encontrar a su familia, y cuando menos lo esperó se le presentó la oportunidad. Una noche que estaba en el bar de un hotel muy conocido, un elegante oficial alemán se acercó a ella y se presentó, como Hans Krüger. Ella era una chica muy inteligente y pensó que ese hombre podría ayudarle. Tendría que entablar una amistad con él, pero él no quiso ser su amigo, sino su amante. Le contó sus planes al señor Joseph y él no los entendió, sus celos eran más fuertes que su razón. Su papá no estaba contento con el plan, pero ella le suplicaba que la entendiera, le decía que dejaría a aquel hombre una vez salvara a sus padres. El señor Joseph no lo aceptó, pero cuando vio que pasaba deprimida y llorando, le dijo que estaba de acuerdo. Señorita Bernice, ella amaba a su papá y en sus planes no encajaba aquél alemán, pero era la oportunidad que la vida le había dado para ayudar a su familia. Un alto oficial como él, estaba bien conectado y una sola llamada bastaría para encontrarlos.

Ese amor se volvió una tortura para ambos. Ella entregándose a un hombre que no amaba y él esperándola, agonizantes horas, en la habitación, muerto de celos. Sin embargo, su papá no quería verla sufrir. Tenía la esperanza de que algún día serían libres, que la guerra se terminaría. Él estaba muy seguro de que ella lo quería, pero no era fácil tener que soportar aquella situación.

El alemán, le regaló joyas, vestidos y todo lo que a ella le pudiera gustar. Cuando llegó el momento, Marie le contó que sus padres habían desaparecido y le pidió que le ayudara a encontrarlos. Él estaba loco de amor y para complacerla, hizo varias llamadas y puso todo su empeño para hallarlos. El señor Joseph me contaba que muchos alemanes ayudaron a personas en situaciones difíciles, casi siempre a cambio de algo.

Después de algún tiempo, Hans supo que los padres de Marie habían estado en un campo de concentración y habían muerto en la cámara de gas. Lamentó haber llegado tarde para salvarlos.

Al recibir esa mala noticia fue a buscar al señor Joseph y cuando lo vio se abalanzó a llorar encima de él sin parar. Ya no tenía una familia, pero sí a su papá, quien la amaba sin condiciones.

Las cosas se habían vuelto complicadas para Marie, porque ya no tenía ningún motivo para continuar su relación con aquel alemán. ¿Cómo le iba ayudar, si ya todo había terminado? ¿Qué le diría y cómo podría salir de allí?

Entonces, decidió dejarlo, no había sido un mal hombre, pero ya no tenía nada que la uniera a él. Pensó salir del apartamento a escondidas, pero no hubo necesidad, ya que, en esos días, recibió la llamada de uno de los mejores amigos de Hans para decirle que él había muerto en combate.

Cuando estaba empacando sus cosas, algunas lágrimas salieron de sus ojos, más de agradecimiento que de amor. De un momento a otro mientras recogía sus últimas pertenencias, vio una carta que estaba dentro de la mesa de noche, dirigida a ella. La abrió y al leerla se quedó atónita. Esta decía:

Mi querida Marie:

Te he amado con todas las fuerzas de mi alma, percibo el dolor que te ha causado saber que tus padres están muertos. Yo también tengo miedo de morir y dejarte sola. Con esta carta encontrarás el mapa del lugar donde enterré una joya, es mi legado para ti. Si muero debes apresurarte a buscarla antes que otros la encuentren. Marie, el amor no conoce razas, ni religiones, ni política, me enamoré de ti perdidamente. No hay poder más grande que el amor, siempre tenlo en cuenta. No me importa quién eres ni de dónde vienes o si simpatizas o no con el régimen alemán. Siempre te querré con todo mi cuerpo y mi alma. Ve y búscalo rápidamente.... Siempre tuyo.

Hans Krüger

Ella no se había enamorado de Hans, pero sintió que la tristeza la invadía, fue un hombre bueno dentro de una guerra cruel a donde él no pertenecía. Secó sus lágrimas y salió del apartamento.

Cuando llegó le contó todo a Joseph, él admitió que aquel hombre había sido bueno en medio de todo. Ella le habló sobre esa joya escondida en algún lugar de un enorme parque en Polonia, y creyendo lo que escuchaba le dijo que fueran inmediatamente. Empacaron unas pocas cosas y se dirigieron a la estación. Allí tomaron el tren que iba para Varsovia. Fue muy tenso el viaje, ya que los alemanes los abordaban y pedían toda clase de documentos a los viajeros. Pero él tenía el pasaporte que Marie le había dado hacía un tiempo. Un oficial se paró frente a ellos y revisó sus documentos, él sintió que iba a morir en la espera. El hombre los vio fijamente y les preguntó que por qué se dirigían a Polonia, él le contestó que iban a contraer matrimonio ya que la familia de ella se encontraba allá. En ese momento estaban muy nerviosos, pero lo disimulaban a la perfección, se trataba del futuro de ambos. El soldado escudriñaba cada página de los pasaportes con sumo cuidado y los segundos se hacían eternos, hasta que al fin los dejó en paz. De repente lo vieron regresar y pensaron lo peor. El oficial, les preguntó de nuevo sus nombres y se encaminó por el pasillo del tren sin mirar para atrás.

Estando en la habitación, habían estudiado el plano y todo se veía bastante claro. La señal principal que les indicaría dónde cavar se encontraba a dos metros en línea recta de un enorme pino, en cuya base había un corazón grabado. Primero deberían encontrar el árbol entre muchos que estaban cerca del lugar. Esperaron tener suerte, ya que el tiempo se les agotaba.

Había una fuerte nevada y todavía estaban muy nerviosos, los alemanes estaban perdiendo la guerra. El ejército rojo avanzaba rápidamente y había mucha tensión en el ambiente. Marie pensó que tenía que tener cuidado de que nadie los viera, ya que podría haber gente por allí haciendo lo mismo que ellos y era peligroso. La denuncia de algún mirón acabaría con sus esperanzas.

Buscaron el parque y se adentraron en el bosque nevado, Había un frío que helaba hasta los huesos. Se aseguraron que nadie estuviera cerca, era ya oscuro. Con la linterna vieron el mapa y sus coordenadas, y efectivamente habían llegado al sitio correcto. Buscaron ansiosamente el árbol y allí estaba justamente a la derecha de donde ellos estaban parados. Lo examinaron y no encontraban la marca que les confirmaría que era el indicado. Marie se sintió desconsolada y lágrimas de amargura escaparon de sus ojos, cuando no vio el corazón grabado en la base del árbol. Después de algunos minutos de angustiosa búsqueda, Joseph vio en otro una pequeña curvatura que se asomaba bajo el promontorio de nieve. Al removerla vieron el corazón grabado en el tronco. Dieron un respiro de alivio, se abrazaron de felicidad y caminaron dos metros hacia el norte en línea recta, tal como lo indicaba el mapa que Hans adjuntó a la carta.

Al cavar vieron una caja de metal no tan grande y la sacaron con cuidado, la nieve caía sin parar y había un cierto murmullo entre las ramas de los árboles, parecían voces que hablaban quedo. A lo lejos escucharon el sonido de un pito y se asustaron, pensando que los habían descubierto. Ya más calmados, tomaron la pequeña caja y regresaron rápidamente por donde habían venido. Salieron a la calle, estaba desierta, sin un alma. Joseph, llevaba la caja en una bolsa de tela, que no despertaba sospecha alguna. Se fueron directamente a la estación de tren y allí se quedaron dormidos en una banca, bajo aquel intenso frío. Eran las seis de la mañana y al despertar pudieron divisar el tren que los llevaría de regreso a Francia. Aun no se sentían a salvo, pero ya tenían el tesoro.

Faltaba la parte más emocionante de la historia, cuando Kathy interrumpió sin ninguna educación, exigiendo a Carlota que le llevara un té caliente a Wilma que estaba agripada. A Carlota le dio mucho miedo que la hubiera escuchado, pero parecía que esto no había sucedido. Kathy puso una cara de malestar cuando me vio y con rudeza, me ordenó ir a la habitación de papá a revisar que todo estuviera en orden. Me quedé callada y esperé a que se fuera. Quería saber el fin de esa emocionante historia. Ahora entendía por qué él se sentaba en la glorieta del jardín y se sumía en sus recuerdos. Estaba segura que Marie estaba en su mente, día y noche.

Cuando Kathy salió Carlota continuó su relato:

—¿Y qué paso luego? —le pregunté ansiosa.

—Pasó que cuando llegaron a Francia, estaban tan cansados que olvidaron la bolsa dentro del tren. Marie, al ver que su papá no la llevaba, palideció y de un salto volvió a subir al vagón, corrió y la encontró sobre el asiento. Luego salió asustada, pero dice que lo supo disimular muy bien. Llegaron sin novedad a la habitación asegurándose que nadie los siguiera. Entraron felices, no podían creer que el universo estaba en armonía con ellos. Dice que pusieron la caja sobre la mesa de la cocina. Agarraron un cuchillo y trataron de romper el pequeño candado que tenía. Estaba muy oxidado y era complicado abrirlo, pero finalmente lo lograron y Marie dijo bromeando: "Ábrete Sésamo". Dentro de la caja vieron otra más pequeña que parecía de un metal muy fino, y envuelto en un paño de terciopelo rojo, estaba uno de las joyas más queridas por la zarina Alexandra y diseñada exclusivamente para ella, el huevo cuajado en piedras preciosas y la estatuilla del caballo más famoso de la historia de los zares de Rusia.

—¡Pero Carlota! ¡¡Esto es impresionante, parece un cuento de ficción!! ¿Y entonces qué más pasó luego que ellos ya tenían ese tesoro? imagino que deben de haberse sentido dichosos, ¡ya tenían todo! Carlota puso cara triste y me dijo que faltaba la peor parte de la historia.

—Señorita Bernice. Marie salió de su casa al día siguiente, tenía que ir al hospital a trabajar. Dicen que antes de entrar la asesinó un ciudadano francés. El malhechor estaba agazapado detrás del muro del edificio, la sorprendió y la estranguló. Ella murió a manos de sus mismos compatriotas. La guerra casi terminaba, y entonces los franceses radicales se dedicaron a investigar a personas que habían tenido algo que ver con los alemanes. Alguien la señaló como la amante del oficial Hans Krüger y la culparon de traidora. Pensaron que ella era una espía. Y según me dijo el señor Joseph muchas personas fueron ejecutadas y sentenciadas a morir por razones similares y otras sospechosas eran escupidas en sus rostros cuando caminaban por la calle. Dicen que los franceses mataron a más compatriotas que los propios alemanes. Aquí acabó el amor de su papá y su felicidad. Él regresó a Inglaterra y secó sus lágrimas en el hombro de doña Megan y por supuesto trajo la joya con él.

—¡Shhh!, habla bajito Carlota, es peligroso que nos puedan escuchar, ahora dime ¿en dónde se encuentra la joya?...

Capítulo 12

ROBERT DONOVAN sabía de la existencia de ese tesoro, pero no tenía la menor idea de dónde se encontraba. Megan había conversado con él muchas veces sobre eso, pero no tenía ninguna pista.

Aquella mañana Kathy escondida detrás de un frondoso árbol, había escuchado la plática de su padre con Bernice. Ya le había contado a Wilma, las dos estaban furiosas, y comenzaron a odiarlos. Se sentían excluidas de la familia, y sin herencia. Les costaba aceptar que Bernice tuviera el novio que ellas hubieran anhelado, y que además se quedara con la casa del acantilado y todo lo que eso implicaba. Esa noche en la habitación, Kathy miró a Wilma con ojos encolerizados y le dijo:

—¡No es posible que vayamos a permitir que esa mosca muerta se quede con nuestro patrimonio! ¿Te das cuenta Wilma de lo que hablo?

Y Wilma le contestó:

—Sí, lo sé, no te preocupes que eso no va a pasar, tenemos que contarle todo a Robert, ya que también mamá se verá afectada. Además, no me importa si es su amante o su amigo, lo que tenemos que hacer es unir fuerzas con él para defender nuestra herencia. Le diremos a mamá lo que sabemos en el momento oportuno.

Pero Robert ya se les había adelantado, tenía una cita con Ross, la bruja, que le ayudaría a vencer a sus enemigos. Megan en cambio pasaba soñando con las caricias de él y lo que le hacía en la cama. Ella deseaba que Joseph muriera para vivir con su amante. Pero tampoco se atrevía a hacerle ningún daño. En cambio, Wilma y Kathy estaban dispuestas a todo. Las enfurecía ver cómo Bernice cuidaba tan bien a Joseph para que mejorara. Megan también estaba molesta, sus planes de quedar viuda y rica no se concretaban como lo hubiera deseado. Robert la había vuelto ambiciosa y desalmada, él era una influencia venenosa para ella.

El hombre se acordó de aquella vez que había ayudado a Kathy y Wilma y pronto les cobraría el favor. Les diría que le colaboraran con su macabro proyecto. Por otro lado, Kathy y Wilma querían hablar con Robert y contarle lo que estaba sucediendo. Planearon un encuentro con él y quedaron de reunirse en Marine en el restaurante de Wally. Los tres enemigos de Joseph, estaban uniendo fuerzas para liquidarlo.

Tal como lo habían acordado, Robert llegó puntual y esperó a las hermanas. Estando allí vio a una atractiva mujer y se alegró que Megan no estuviera con él. La situación era cada día más difícil, y no veía claro su futuro con ella.

Kathy y Wilma se acercaron a él y lo saludaron cariñosamente. Él se extrañó, pero les siguió la corriente. Kathy llevando la batuta como siempre, le dijo:

—Robert estamos aquí porque quiero que nos ayudes a salvar el patrimonio de mamá y el de nosotras.

Él puso cara de sarcasmo y les dijo que no se preocuparan que podían contar con él.

—¿Pero qué es lo que pasa? —preguntó—. ¿Y cómo les puedo colaborar?

Wilma le dijo que Kathy había escuchado una plática entre su padre y Bernice. Y vociferó:

—¡Te puedes imaginar que Bernice es la heredera de la mansión! ¿Puedes creerlo?

Robert inmediatamente les preguntó si estaban seguras de lo que decían y las jóvenes le confirmaron que todo era real. Que Kathy lo había escuchado con sus propios oídos, dijo Wilma.

—Bueno, no hay que preocuparse tanto, ya veremos cómo podemos evitarlo. Tengan presente, que yo amo a su madre más que a nadie, y ella no debe saber de esta reunión. Este será nuestro secreto —les dijo.

—¿Qué podemos hacer para que papá cambie su decisión?, lo vemos difícil, él está en contra de nosotras, y no permitiremos que nos roben lo que nos pertenece —exclamó Kathy.

—No será así —les dijo Robert—. ¿Ustedes ya sabían que en algún lado en la mansión hay un tesoro escondido? Megan me lo contó, pero dice que Joseph no le quiso decir en dónde estaba.

—¿Cómo? ¿De qué hablas?

—Sí, así como lo escuchan, hay algo escondido de gran valor. Tenemos que averiguar primero en dónde está y luego sacarlo de la casa. Pero no hay que correr antes de caminar, tengan prudencia y estén atentas. Estoy seguro de que Bernice y esa mequetrefe de Carlota saben dónde está. Ya veremos cómo podemos averiguarlo. Por el momento, estoy consultando a una psíquica para que nos ayude a encontrarlo. Y ustedes tendrán que ir conmigo.

Wilma y su hermana estuvieron de acuerdo y le dijeron que lo acompañarían. Robert no les mencionó que Ross era una bruja, la palabra psíquica sonaba menos aterradora.

El pronóstico del tiempo anunciaba un clima frío con fuertes vientos, pero no podía faltar a la cita. Llamó a Ross, y ella le dijo que era la noche perfecta para celebrar el ritual, había luna llena y casualmente era el aniversario de la muerte de Edmund. A Robert se le erizó el cabello, pero ya era muy tarde para retroceder. Fue a Villa Helen y le dijo a Megan que quería llevar a sus hijas a cenar, le pidió que se quedara porque quería conversar con ellas en privado y así ganar su confianza. A Megan le encantó la idea, le dijo que era un hombre muy inteligente y le agradeció que quisiera a sus hijas. Al escuchar que Megan se expresaba de ellas como unas buenas chicas, le dio risa, pero tuvo que disimular y tomar muy en serio el comentario.

Robert ya conocía el camino e iba con unos buenos tragos encima, como siempre. Wilma al ver que se adentraban en el bosque y que el sendero era oscuro, le dijo a Kathy que tenía mucho miedo, pero esta la calló de un grito. La agarró de sus hombros y la sacudió, como a una muñeca de trapo. Con voz alterada le exigió que tenía que confiar en Robert, y que se acordara de aquel tesoro y la casa que estaban a punto de perder. La chica no hizo más que bajar la mirada y se quedó callada. No quería recibir otro bofetón.

De nuevo aquel lobo blanco salió a su paso, esta vez estaba a la orilla del sendero, sin hacer nada, quieto, como si ya conociera a los que en ese momento pasaban por allí. Kathy se asombró al verlo, pero sin asustarse dijo que el lobo tenía una mirada agresiva, con los ojos inyectados de sangre.

—¡Qué animal más raro! —dijo tapándose la boca. Wilma solo dio un grito ahogado, para no perturbar a su hermana.

Y así continuaron el trayecto, todos iban quietos y callados, Wilma sudaba y dijo que sentía el estómago revuelto. Kathy le advirtió que se callara y acto seguido sonó una estruendosa bofetada. La chica rompió a llorar quedamente.

El camino era lúgubre, los arboles parecían tener vida y los ruidos que venían del bosque eran tenebrosos, los lobos aullaban en medio de una densa niebla y un eco de quejidos se escuchaba por donde pasaban. Kathy iba fascinada y Wilma solo cerraba sus ojos, con fuerza. Robert les dijo a sus acompañantes que ya estaban por llegar.

A lo lejos vieron la vieja cabaña de Ross entre la maleza y Kathy sonrió con morbo y se alegró de haber llegado, mientras que Wilma temblaba como una hoja. Robert les contó que había un perro guardián muy grande y que no se fueran a asustar, que era la mascota de Ross. El animal salió al encuentro a darles la bienvenida a los tres y esta vez movió la cola, que más parecía un estropajo. Ross salió de la cabaña y él volvió a ver la misma silueta del hombre sentado en la ventana. La bruja los saludó con su misma risa burlona y los hizo pasar. Les contó que tenía unos ayudantes que la asistirían a realizar el ritual. Wilma agarró la mano de Kathy, estrujándola nerviosamente y sin soltarla un instante, la chica estaba espantada y no sabía lo que le esperaba, Kathy enojada se la aventó y le dio un buen tirón de cabello.

Estando dentro de la cabaña, Robert vio a dos personas más, que parecían ser haitianos, hablaban entre ellos una especie de dialecto que nadie entendió.

Los dos chicos tenían en sus manos pitos y tambores que necesitaban para llevar a cabo el conjuro.

El pequeño altar estaba iluminado con cirios negros y rojos proyectando extrañas sombras sobre las paredes de la oscura cabaña. Ella propuso que primero fueran a ver a Edmund. Kathy preguntó:

—¿Quién es Edmund?

Ross soltó una ruidosa carcajada y le dijo que era su marido, ya fallecido. Kathy estaba en silencio y atenta a todo lo que sucedía, Wilma lucía pálida y a punto de desmayarse. Robert no se impresionó, ya que conocía a Edmund y hasta se había despedido de él aquel primer día.

Al llegar a la lápida, Ross saludo a Edmund con una leve inclinación, llevaba un gran puro en su boca y tiró unas bocanadas de humo al aire. Luego le pidió que la asistiera, y acto seguido se empinó la botella de ron y escupió el trago sobre la tumba. Después de unos segundos, nos dijo sonriendo, que Edmund estaba listo. En ese momento una serpiente apareció deslizándose sobre la lápida del muerto. El reptil tenía vivos colores y una cabeza triangular muy ancha, sus ojos eran amarillos y se notaban vidriosos. El asqueroso animal sacaba su fina lengua como si olfateara a su presa. Kathy estaba extasiada y no tenía miedo. La pobre Wilma emitió un agudo sonido de terror, y sus pupilas se dilataron al máximo. Tuvo que recostarse contra el tronco de un árbol tratando de detenerse para no caer al suelo.

Ross regresó a la cabaña con la serpiente enrollada en su cuerpo y los demás la siguieron. Robert trató de calmar a Wilma, y le recordó de aquel día en Marine, diciéndole que le debía un favor. La agarró del antebrazo apretándolo fuertemente y la amenazó que tenía que colaborar, le gustara o no.

La noche parecía estar de acuerdo con lo que allí pasaba, había una enorme luna llena, color fuego, en medio de negros nubarrones. Los asistentes de la bruja comenzaron a entonar sus melodías tocando frenéticamente, tambores y pitos, Ross extasiada, besaba a la serpiente en la boca mientras contorsionaba su cuerpo de manera sensual. El odioso reptil besaba sus gruesos labios tratando de meter su fina lengua dentro de la boca de la mujer. Los demás estaban sentados alrededor observando atónitos y Kathy sonreía con enfermizo placer.

El ruido de los tambores se hizo cada vez más fuerte y alocado. Uno de los muchachos sacó de una jaula un ave y fue por el machete que estaba en la esquina de la habitación. El pobre animal ya presentía su muerte y batía sus alas con desesperación. Ross seguía contorsionando su cuerpo y de repente cayó al suelo como si fuera un animal herido y sus ojos se pusieron en blanco. Había entrado en un trance. Su voz era gutural y cavernosa, cuando se dirigió a Robert pidiéndole el objeto personal de "el estorbo", como ella llamaba a Joseph. Él se acercó con gozo y le dio un pañuelo bordado con las iniciales de la víctima.

Uno de los muchachos de tajo le cortó el pescuezo al ave, y la sangre salpicó por todos lados, el cuerpo del animal cayo al suelo debatiéndose entre saltos hasta que dejó de moverse. El joven del tambor, siguió tocando su furiosa melodía. Ross se sentó y parecía rígida, como si se hubiera tragado una estaca. Luego al hablar, dijo ser el espíritu de un hombre que había sido asesinado y buscaba venganza. La serpiente se deslizó del cuerpo de Ross y se enroscó a los pies de ella sin moverse.

La mujer se dirigió al altar y agarró un muñeco negro que ya tenía listo y lo envolvió con el pañuelo de Joseph. La mirada de la mujer se volvió aterradora. Tomó el muñeco con odio y comenzó a meterle alfileres en la cabeza. Ahora dijo, ya comenzaran a ver un cambio, "el estorbo" pronto enfermará y desaparecerá.

El conjuro ya estaba por terminar, Ross despertó de su trance un poco atolondrada. Luego acarició a la serpiente dándole besos en su horrible trompa, y nos contó que era el espíritu de Edmund. El repugnante animal regresó de donde había venido, emitiendo un raro silbido.

Salieron de la casa de la bruja sin decir mucho. Wilma antes de meterse al carro, sintió que ya no podía más y vomitó, dijo que sentía que iba a morir. Kathy iba feliz y Robert ya soñaba con aquella casa y el tesoro. Confió que pronto sería todo de él y "quizá" de Megan.

En el camino ya no vieron al lobo blanco, ni escucharon nada. Todo parecía en paz. Cuando llegaron a Villa Helen, Wilma corrió a su dormitorio sin decir nada. Kathy se despidió de Robert con toda normalidad y dijo buenas noches a su madre con un beso. Cuando llegó a la habitación de Wilma la vio arropada y muerta de frío. La chica temblaba y su cuerpo estaba ardiendo de fiebre.

La casa del acantilado ahora no sería la misma, Carlota, estando en la cocina lo sintió en la piel, había algo malo, y aterrador en el ambiente. De repente una ráfaga de viento congelado inundó la estancia. La mujercita hizo la señal de la cruz y se arrodilló a rezar. Su angustia y terror se notaban en la expresión de su rostro. Han llegado… dijo con voz trémula.

Esa noche Bernice estaba en Marine con su novio. Carlota los esperó para contarles el feo presentimiento que torturaba su mente. Temía lo peor y le pidió a Dios que le ayudara. Paul estaba en la mesa cenando, y cuando la vio en ese estado de miedo, la abrazó y le dijo que se calmara, que todo saldría bien. El bien siempre gana, le recitó con voz apenas audible. Pero Paul poco podía hacer para vencer aquél poder infernal.

Bernice y Carl entraron confiados de que todo estaba bien. Pero Carlota salió a encontrarlos y les pidió que la escucharan un momento.

Bernice la vio nerviosa y le preguntó que si había sucedido algo con su papá. Carlota con su voz de pajarito les dijo que presentía que cosas terribles iban a pasar en la casa. Que lo había sentido en su piel y que además había visto una horripilante presencia.

—Señorita Bernice — le dijo—. Una ráfaga de aire frío me envolvió y luego vi, cerca de la ventana, el espectro de un hombre y con él un animal que parecía una serpiente. Todo se veía muy confuso, pero le aseguro que no era nada bueno. Alguien les abrió la puerta de la casa. Tenemos que prepararnos porque el mal ronda esta mansión.

Carl le dijo a Carlota:

—¿Pero de qué hablas? ¿Un hombre…?

—Sí… tenemos huéspedes —dijo ella volteando a ver por todos lados.

Capítulo 13

NTRÉ A LA HABITACIÓN de papá y lo vi desvelado, me contó que no había podido dormir bien, lucía mal, angustiado y desesperado. Me dijo que sentía algo que no podía explicar. Lo calmé con un abrazo y le di de comer. Bajé a la cocina y busqué a Carlota para contarle que papá no había amanecido bien. Carlota me dijo que la aparición que había visto el otro día tenía que ver con la salud de él.

Habíamos tenido largas conversaciones con Carlota sobre eso, yo me negaba a pensar que pudiera haber gente en la casa que quisiera hacerle daño. Mamá, no era capaz, no era una persona mala. Wilma y Kathy eran sus hijas, ¿qué clase de hijas quisieran el mal para un padre? Pero estaba Robert, en quién no confiaba, siempre estaba adherido a nuestra familia, como si fuera una sanguijuela, él era capaz de cualquier cosa. No tenía escrúpulos ni moral, era ambicioso y malvado. Sin embargo, también se cruzó por mi mente que Carlota podría estar asustada y estar viendo cosas que no existían. Aquella nube negra que vimos aquel día sobre la casa pudo haberla sugestionado y hacerla ver fantasmas. Realicé que después de ese incidente ya no sabía qué era cierto o fantasía. Lo que no me gustaba era la recaída repentina de papá. Llamé a Carl y le pedí que me acompañara al hospital. Pensé que era prudente llevarlo al médico de nuevo. Cuando le conté a Carlota, ella me dijo:

—Señorita Bernice, su papá está siendo víctima de algún tipo de brujería. Lo quieren enfermar para que muera. Yo la escuché con atención, pero Carl me pidió que no creyera en todo eso. Que la medicina se encargaría de curarlo de nuevo, aunque Carlota siguiera insistiendo en lo mismo.

Ella dijo que de nada le iba a servir, que las señales estaban claras. Me aseguró que dentro de la casa había espíritus malignos dispuestos a matarlo. Lo decía con tal convencimiento que no dejamos de creer un poco el cuento. Pero primero decidimos descartar esas suposiciones.

Papá llegó al hospital con un tremendo dolor de cabeza que lo cegaba, no podía ni siquiera abrir los ojos y caminaba con dificultad. Las enfermeras tuvieron que ayudarlo y acostarlo en una camilla. Con debilidad se agarraba sus sienes con las manos y decía que sentía que su cabeza iba a explotar, comenzó a gritar que lo dejaran en paz, no sabíamos a quién le hablaba. Su estado era alarmante. Después de que la enfermera le inyectó un sedante, cayó en un sueño profundo y tenía un semblante tranquilo.

Otra vez, le hicieron los exámenes y los resultados estaban bien. El médico se rascaba la cabeza, extrañado, sin saber lo que le estaba afectando. A papá lo dejaron ingresado por unos días, para observarlo mejor.

Cuando llegamos a la casa mamá no estaba, entonces llamamos a Wilma y Kathy. Les comunicamos que papá se encontraba en el hospital. Kathy se sorprendió y pretendió sentir lástima por él. Wilma quedó petrificada, como una estatua. ¿Sería que tenían algo que ver con todo esto?, especulé. Aparté esos nocivos pensamientos de mi cabeza y preferí pensar bien de ellas.

Cuando apareció mamá le dije que papá estaba internado, por primera vez la vi preocupada y pude notar cierta culpa en ella. No se explicaba por qué había recaído en forma tan repentina. Salimos de nuevo y la llevamos de visita. Cuando entró estaba despierto y se alegró de verla. Era un hombre bondadoso y noble de sentimientos. Para nuestra sorpresa ella se tiró encima de él a llorar como una Magdalena. Papá le dijo que se tranquilizara, que todo estaría bien.

Alguien tenía que quedarse allí y no sería ella, aunque se viera compungida, tenía cosas más importantes que hacer, como ver a ese parásito de Robert en su escondite secreto. Eran citas a las que no podía faltar. Yo me ofrecí como siempre a quedarme las noches que fueran necesarias. El día había sido largo, estaba agotada y mi pecho latía a mil por hora, pero el cansancio me venció y me dormí.

De un momento a otro escuché el ruido de unos tambores, vi gente bailando alrededor de la cama de mi padre, las mujeres llevaban vestidos de brillantes colores, y turbantes en sus cabezas. Se acercaban a papá y lo escupían maldiciéndolo, una de las mujeres tiró sobre su cama una espantosa serpiente. El animal se deslizaba lentamente, intentando morder a su víctima. La angustia me invadió, cuando quise defenderlo sentí que alguien me estaba deteniendo y no podía avanzar ni un centímetro de donde me encontraba. Grité con desesperación y pedí ayuda.

De pronto escuché a lo lejos la voz de una mujer, que me preguntó si todo estaba bien. Desperté sudando y cuando vi a mi alrededor todo estaba en orden. Papá dormía profundamente. Inmediatamente me di cuenta que había tenido una espantosa pesadilla, y la enfermera de turno, me había despertado y sacado de mi espeluznante sueño.

Conforme los días fueron pasando, las medicinas habían aliviado los dolores de cabeza. El médico nos dijo que era hora de llevarlo a casa. Que estuviéramos muy pendientes de él. En su despacho le prescribió calmantes y analgésicos. El doctor no pudo explicar el confuso cuadro que presentaba. Llegamos a su habitación y ya nos estaba esperando con una sonrisa.

Tenía un mejor semblante y estaba feliz de regresar. Tuve que ocultar mis lágrimas, no quería que me viera llorar. Carl lo tomó del brazo y lo ayudó a sentarse en la silla de ruedas para llevarlo al automóvil. Al llegar, Paul lo esperaba con cara de preocupación y Carlota estaba en la puerta recibiéndolo acompañada de Bruno, su perro fiel. Él les dijo que ya estaba mejor y que no se preocuparan tanto. Cuando entró a su dormitorio lo pusimos en la cama, lo arropamos y un momento después se quedó dormido.

Carlota dijo que quería hablar conmigo, que subiera a su habitación más tarde. Yo también quería contarle aquella espantosa pesadilla que había tenido en el hospital. No entendía nada y ella sería la indicada para explicarme el significado de aquel sueño.

Kathy estaba más insoportable que nunca. Blasfemaba y peleaba mucho con Wilma, quien se notaba descolorida y muy demacrada. Carlota al verla presintió lo peor. Kathy estaba fuera de casa todas las noches y no se sabía a dónde iba. Wilma permanecía encerrada en su cuarto, como si tuviera miedo de salir por alguna razón. Carlota me habló un poco sobre la extraña conducta de mis hermanas y dijo saber el por qué de eso.

Subí a su habitación, eran como las diez de la noche y todo parecía en calma. Cuando pasé frente a sus dormitorios creí escuchar unos pasos, pensé que papá se había levantado de su cama y me preocupé. Me quedé parada en el pasillo, volví a ver a todos lados y no había nadie. Parecían las pisadas de un anciano que arrastraba los pies. Pensé que mis nervios me estaban traicionando y escuchaba cosas que no existían. Finalmente llegué y toqué la puerta de Carlota. Hablamos un poco de todo y sobre lo que había oído en el pasillo. Ella me dijo:

—Señorita Bernice: usted tiene que entender que la aparición de la otra noche, no fue invento mío. De verdad, había una figura allí parada con un odioso animal que parecía una serpiente. Eso es un mal presagio, aquí hay espíritus malignos dentro de la casa que nos quieren hacer daño, especialmente al señor Joseph. No es casualidad que su papá esté en esas condiciones. Esos dolores de cabeza pueden ser el resultado de ''un hechizo''. Y si usted analiza bien la situación, el único que puede querer el mal para el señor Joseph es ese hombre que, por cierto, tiene un aura negra.

Yo le pregunté, sin dudarlo:

—¿Te refieres a Robert?

Carlota dijo:

—¿Y quién más sería?

Luego calló por un momento y pensativa me dijo, que habían seres infernales dentro de la casa. Quieren atemorizarnos primero, antes de pasar a la siguiente etapa.

—¿Y cuál es el siguiente pasó, Carlota? —le pregunté.

—Ellos quieren que nos demos cuenta que están por todos los rincones de la casa. Usted debe hacerse la desentendida, porque si perciben su miedo va a ser peor. Tenemos que demostrarles que no les tememos, que somos fuertes y que no vamos a ceder antes la presión que nos están poniendo. No queremos pasar a las siguientes etapas, en esas ya no hay regreso.

—¿Hay más, Carlota? ¿Pero no crees que lo que ya está pasando es suficiente?

—Eso no es nada, lo que sigue es peor que estar en el mismo averno.

—Tengo que decirle esto a Carl, él tiene que estar enterado —le dije con pánico.

—Sería lo mejor señorita Bernice, él tiene que saberlo. Dígale que se quede a cuidar al señor Joseph un par de noches, para que vea que no es mi fantasía. Él tiene que verlo, de otra manera no va a poder entendernos. De todas formas, señorita Bernice, no debemos dejar al señor Joseph solo. Tengo miedo por él y por todos —agregó.

Antes de que saliera de su dormitorio me dijo que tenía que decirme en dónde estaba escondida la joya. Temía que algo le pasara y jamás la encontráramos. Y mirándome fijamente, continuó:

—El tesoro que con tanto cuidado ha guardado el señor durante todos estos años, está justamente entre la tumba de su abuelo y la de doña Helen. ¿Recuerda la placa de bronce que dice: *La luz del amanecer nos guiará hacia el Padre Celestial*? Ahora ya sabe que está oculto justo debajo de esa placa.

—Nunca lo hubiera sospechado —le dije.

—Su padre me contó que sus abuelos serían los mejores guardianes. Tiene que estar alerta. Tenemos que ir al cementerio mañana para que pueda sacar la joya lo antes posible. Debemos tener cuidado con sus hermanas, siempre están pendientes de todo, son como aves de rapiña listas para descuartizar a su presa. Me acordé que Kathy había escuchado la conversación aquella mañana, pero me alegró saber que aún no conocía dónde estaba aquel tesoro.

El fin de semana, Carl se encargó de cuidar a papá, quería saber con certeza si todo lo que le contábamos era verdad. Esa noche le preparé una exquisita cena con Carlota, él amaba la tarta de manzana y yo atesoraba aquella receta de mi abuela Helen. Todos estaban en sus habitaciones, mamá aún no llegaba y de un momento a otro se desató una actividad paranormal, comenzamos a ver una silla que se movía en círculos como si un ser invisible estuviera jugando con ella. Carl se puso helado, sus ojos se abrieron mostrando horror, y Carlota observó aquello detenidamente. Fueron solo segundos que parecieron una eternidad. Allí Carl se dio cuenta que estaban pasando cosas que eran ajenas a nuestro mundo.

Nos unimos en oración y estábamos rezando con devoción cuando de repente se cayó el pequeño reloj cucú de la cocina haciéndose añicos en el suelo, luego sentimos una ráfaga de aire frío y nos envolvió una extraña niebla gris, que giraba alrededor nuestro y que percibimos amenazante. Tratamos de calmarnos y seguimos como si nada hubiera pasado, recordé que Carlota había dicho que los demonios atacarían a los débiles y vulnerables, así es que decidimos seguir sus consejos y ser fuertes. No les mostraríamos miedo. Carl me dijo que subiría a ver a papá, yo lo acompañé. Cuando entramos lo vimos con los ojos cerrados y gritando de dolor, se agarraba la cabeza bamboleándose de un lado a otro, como si este movimiento lo fuera a tranquilizar. Estaba segura que esas entidades lo estaban torturando. Corrimos hacia él y le aplicamos el calmante que el doctor nos había dado. No queríamos correr ningún riesgo que empeorara la situación, ya que la casa estaba a media hora del hospital. Cuando se alivió nos dijo que había visto una figura cerca de la puerta, que parecía la imagen transparente de un hombre negro con una serpiente en la mano. Yo traté de sosegarlo, y no le comentamos que Carlota también lo había visto. Le dijimos que las medicinas que estaba tomando eran muy fuertes y que el médico había dicho que podría tener alucinaciones. Su rostro enflaquecido y asustado se puso más lívido que nunca y luego rompió a llorar. Un momento después el calmante hizo el efecto deseado y volvió a dormir.

Carl se quedó despierto haciendo guardia. Pero su cuerpo ya cansado lo sometió y se durmió. Unos minutos después se despertó asustado, cuando sintió que una fina lengua se metió dentro de su oreja y le susurraron algo en un idioma desconocido. Brincó como resorte del sillón, volvió a ver todos lados y no había nada. Entonces se acordó de la pesadilla que Bernice había sufrido aquella noche en el hospital, donde una serpiente se arrastraba sobre la cama de su papá para morderlo. No tenía duda alguna que se trataba del mismo espectro. Al día siguiente, Carl amaneció perturbado, pero tenía que resistir, no podía acobardarse, Bernice, Carlota y Paul contaban con él.

Capítulo 14

ESPUÉS de un prolongado sueño, Joseph amaneció mejor, la luz entraba alegre por los grandes ventanales de su dormitorio y todo estaba en armonía, durante el día no sucedía nada que perturbara la paz en la casa del acantilado.

Megan subió a verlo y él la recibió con amor como si se tratara de una devota esposa. Después de una breve conversación, ella, con halagos, le pidió que le confesara dónde se encontraba la joya. Él evitó hablar sobre el tema, y se hizo el disimulado. Megan insistió, pero Joseph no le dijo. Cuando ella encolerizó, Joseph le prometió que se lo diría cuando estimara conveniente.

—¿Cuál es tu prisa? —le argumentó Joseph con voz débil.

—¡Soy tu esposa y tengo derecho a saber!

—Sí, eres mi esposa, pero muchas veces no lo pareces —le reclamó.

—No quiero discutir contigo, Joseph, sé que estás delicado, pero comprende que si algo te pasa no la encontraré.

—No te preocupes —le dijo—. Bernice está enterada y ella te lo hará saber si algo me sucediera.

Megan se puso más enojada cuando se dio cuenta que Bernice lo sabía. Pero no debía mostrar rabia al respecto, y haciéndose la humilde, le expresó que le parecía muy bien que Bernice se encargara, asegurándole que era la más indicada.

Cuando salió del dormitorio de Joseph, su cólera la llevó a destruir de una patada una planta que se encontraba en el pasillo. No podía creer que su destino estuviera en manos de Bernice. Tenía que contarle a Wilma y Kathy.

Megan llena de ira llegó inmediatamente a los aposentos de las hermanas y les contó lo que Joseph le había dicho. Kathy la miró con furia, y se sintió rechazada por su padre una vez más. Wilma agarró una muñeca de trapo con la que jugaba cuando era una niña y la hizo trizas, agitada por su descontrol. Ella comenzó a maldecir a su padre y su hermana Kathy la secundó. El cuadro de las tres era patético.

—¡Te lo dije Wilma!, él no confía en nosotras, solo en esa estúpida de Bernice.

—¡No puede ser! —vociferó Wilma.

Después de esa desagradable conversación entre madre e hijas. Megan subió a su habitación y cuando entró sonó el teléfono, era Robert. Quedaron de reunirse en Marine, a la hora acostumbrada y en el mismo lugar. Ella aún no sabía nada de lo que estaba sucediendo en la casa, para Ross no era su objetivo principal, por el momento, ella creía que los padecimientos de Joseph se debían a una acumulación de estrés. Ignoraba que su amante había consultado a una bruja y que su marido era objeto de un maleficio.

Llegó a su cita un poco tarde y su querido la esperaba deseoso. Él reclamo su falta de puntualidad y ella le contó que había tenido un altercado con Joseph. Le dijo con furia que su estúpido marido no le había querido decir dónde se encontraba la joya. Que únicamente lo sabía Bernice, y creía que Carlota también. Él le acercó su cabeza y la puso entre sus piernas. Megan accedió a sus ansias con ardor, Robert entre jadeos le dijo que no se preocupara, que todo estaba bajo control.

Regresó a Villa Helen a la hora acostumbrada y Carlota, nerviosa, le salió al paso. Le contó que Wilma no se encontraba bien, que tenía que subir a su habitación rápidamente. Cuando Megan entró, la chica se veía diferente, algo había cambiado en ella. Sus ojos reflejaban pánico y su cuerpo convulsionaba. Otra vez tenía una fiebre altísima.

—¿Pero, qué te pasa? —le dijo Megan.

—¡Mamá, no lo sé! Siento que estoy ardiendo y mi cuerpo está débil. He ido varias veces al baño y he devuelto todo. No puedo discernir y me siento mareada.

—Tendremos que ver al médico —le dijo.

—¡Ayúdame mamá, te lo pido!

Megan se alarmó y volvió a ver a Kathy con una mirada interrogante. Esta entendió sin palabras lo que su mamá quería saber. Y soltando una carcajada le dijo:

—Quizá vio un espanto.

—No es momento para bromas Kathy, debes tener un poco más de consideración con tu hermana, ella nos necesita.

Dicho esto, Wilma corrió hacia su madre y la abrazó. Megan la puso de nuevo en la cama y le dijo que le pediría a Carlota hielo, para bajarle la fiebre.

—Mañana iremos al médico —le aseguró.

Carl y Bernice estaban sentados en la terraza de la casa y conversaban sobre lo que estaba aconteciendo: las pisadas arrastradas, el espectro que habían visto, y otras cosas más que no tenían explicación.

Carl le había pedido que dejaran a un lado, por el momento, los tenebrosos acontecimientos, cuando en ese momento escucharon un grito desgarrador que venía de la habitación de Wilma. Entraron corriendo a la casa y encontraron a Carlota sin aliento y asustada. Ella dijo haber escuchado a Wilma gritar pidiendo ayuda. Todos subieron lo más rápido que pudieron y encontraron a la joven trastornada. Ella temblando, señalaba la ventana. Cuando de pronto vimos a un pájaro negro picoteando el vidrio y emitiendo agudos trinos. Ella se tapaba los oídos exasperada. Gritaba y manoteaba sin control como queriendo apartar algo que nadie veía.

—No lo soporto más, Carlota, ¡haz que se calle! —gritaba sin control.

Carlota sintió lástima por Wilma y cuando quiso abrir la ventana para espantar al negro pájaro, en ese momento se hizo humo.

—Ya todo terminó, señorita Wilma, no tenga miedo, era solo un cuervo. Wilma sabía que no era así, aquella noche había participado con los demás en ese diabólico ritual, y estaba segura que un espíritu la estaba atormentando. Ella era una persona débil y no iba a poder soportarlo.

Carl y Bernice se acercaron a Wilma para consolarla, pero Kathy los empujó sacándolos de la habitación con rudeza y les tiró la puerta en sus narices. No pudieron hacer nada por Wilma y rogaron a Dios que Kathy no empeorara la situación.

Después de dos días ya no tenía fiebre y Megan canceló la cita donde el médico.

Kathy estaba cada día peor, su agresividad la descargaba contra el perro Bruno, quien corría a esconderse cada vez que la veía. Como si no fuera suficiente, algunas veces se iba al jardín a cazar indefensos animales para torturarlos y luego matarlos. El gato de Carlota cuando Kathy se le acercaba se erizaba y sus pelos parecían los de un puercoespín. Al ver estos hechos, Carlota estaba segura que esos espíritus inmundos influían en la conducta de las hermanas.

Las cosas no marchaban bien, Villa Helen se había convertido en un lugar tétrico y amenazante. Al día siguiente Paul había encontrado muerto, en el jardín, aquél pájaro que esa noche picoteó la ventana y aterrorizó a Wilma. Las pisadas se estaban escuchando no solo cerca de las habitaciones de Wilma y Kathy sino también en otros lugares de la casa y Paul había sido fiel testigo de eso. Carlota, Carl y Bernice tenían que buscar la manera de enfrentar esos ataques y no caer presos en la trampa del pavor.

Robert, con un gran descaro y haciendo uso de su cinismo, se había atrevido a visitar a Joseph como si no lo estuviera traicionándo. Carlota cuando lo vio se le revolvió el estómago, pero tuvo que bajar la cabeza y pretender estar cómoda. Se sentó y comenzó a conversar con él como un hipócrita. Joseph no tenía idea de lo que ese hombre le estaba causando. Él quería constatar si Ross estaba cumpliendo con su promesa, al ver a su rival pudo darse cuenta que estaba muy deteriorado y no estaría mucho tiempo en este planeta.

En su mente pasaban los más perversos pensamientos, mientras lo observaba, con total descaro tomaba su mano y con palabras cariñosas le infundía esperanza. Megan se acercó y le agradeció que fuera tan buen amigo. Joseph, no entendía nada de lo que estaba sucediendo en ese momento, su mirada se notaba perdida y estaba muy drogado con las medicinas que le administraban.

Con el pretexto de agradarlo y con malas intenciones lo llevaron en su silla de ruedas a dar un paseo; había un gran viento y el día estaba nublado. Cuando llegaron a la orilla lo dejaron al borde del acantilado sin él saber que lo exponían a un peligro; un pequeño movimiento o una fuerte brisa sería su final. Ellos se sentaron en la banca y le hablaban, Joseph solo movía la cabeza asintiendo sin comprender lo que decían. El mar estaba en calma, pero la brisa comenzaba a soplar cada vez más fuerte. Joseph dio un largo suspiro y la silla de ruedas se tambaleó, avanzó unos centímetros, y una de las ruedas quedo entrampada en una roca, evitando así que cayera al abismo. En ese momento Bernice, al ver la escena, corrió y logró llegar a tiempo para estabilizarla, librando a Joseph de la muerte. Fueron momentos de horror para la pobre Bernice. Espeluznada por el incidente, llevó a su padre de regreso a la casa, no sin antes darles una mirada de enojo a la pareja. Megan y Robert se volvieron a ver sin inmutarse. Robert pensó que había estado a punto de caer al precipicio y que sin duda hubiera parecido un accidente. Lamentó haber tenido tan mala suerte.

Joseph sin enterarse de nada entró a su habitación ayudado por Carl y Bernice. Parecía perdido como si estuviera en otro mundo. Carl hizo guardia toda la noche. No estarían dispuestos a perderlo, no lo permitirían, así les costara la vida.

La noche llegó y así la actividad que allí se registraba. Carlota estaba en la cocina charlando amenamente con Paul, cuando insólitamente se formó una especie de neblina negra en una esquina de la estancia. El lugar se inundó de un olor putrefacto, ella quería cerrar los ojos, salir corriendo, pero la curiosidad la atrapó. De reojo vio la figura de un cerdo con largos colmillos y sangre en su mandíbula. El animal estaba parado allí y gruñía amenazante. Ella sabía que el demonio tenía muchos disfraces y este era uno de tantos. Le tiró un puñado de sal, lo maldijo mostrándole la medalla de San Benito y este desapareció esfumándose lentamente. Paul temblaba y con frente sudorosa agarraba la mano de su mujer apretándola. La noche seguiría llena de horrores.

Unos instantes después de la aparición del espectro, se escuchó un grito en la habitación de Wilma. Todos corrieron y cuando entraron vieron un siniestro espectáculo. Wilma estaba siendo maltratada por algún ser invisible que la estrellaba contra la pared y le jaloneaba el cabello arrastrándola por el suelo como si fuera un trapeador. La pobre chica gritaba de dolor. Sin nadie esperarlo la actividad demoniaca paró. Wilma se desmayó y quedó así por un buen rato. Cuando recobró la conciencia, no se acordaba de nada. Kathy llegó cuando todo había pasado y su recomendación fue que Wilma debería de ser internada en una institución psiquiátrica.

Kathy quería deshacerse de su hermana ya que pensó que no le serviría de nada tener a una persona tan débil a su lado. Ella, sin embargo, disfrutaba todo aquello siniestro y estaba segura que no sería objeto de acoso.

Megan finalmente decidió llevar a Wilma al médico, había perdido mucho peso, parecía un muerto viviente y tenía una fea erupción en su piel. El médico que la trató dijo que era esquizofrenia y le dieron un medicamento para controlarla. Les recomendó que tuvieran mucho cuidado y que la vigilaran.

Megan ya comenzaba a sentir pánico, muchas cosas estaban sucediendo en la mansión, pero ella hasta el momento no había sido tocada por el mal. Cuando regresó del hospital, entró a la casa con una hija que parecía un zombi. Robert la esperaba y ella se tiró a llorar en sus brazos. Le comentó que el diagnóstico parecía certero y Wilma tendría que ser internada. Carlota escuchó esto y maldijo al hombre. Ella sabía que no estaba loca, que los espíritus malignos se estaban aprovechando de la debilidad de aquella joven y que todo era obra de Robert. No podía ayudarla por el momento, se sentía impotente.

Joseph comenzó de nuevo con las terribles jaquecas y no probaba bocado, estaba cada día más débil. Cuando Carl lo cuidaba, había sido testigo de todos aquellos ataques de los demonios que se acercaban a la cama de su suegro con el fin de enloquecerlo. Eran inhumanos, seres de Lucifer, transformados en gatos negros que maullaban al pie de la cama, sin Joseph darse cuenta. Pájaros negros que cantaban por las noches en las ramas de los árboles frente a su ventana. Lobos en el jardín que aullaban entre la niebla. Malos olores que entraban en la habitación y que luego desaparecían. Finalmente, los mensajeros del mal, dejaron una nota escrita con sangre en uno de los baños de la planta baja, ordenándoles a los habitantes de la casa que salieran. Con palabras obscenas los amenazaban de muerte.

Capítulo 15

L AS CRIATURAS MALÉFICAS dieron una pausa a sus actividades y la paz reinó unos cuantos días en la casa. Carlota no se confió, dijo que así eran esas cosas, que el demonio engañaba a sus víctimas, para oprimirlas más fuerte después. Aseguró que, desgraciadamente, todo regresaría de nuevo.

En esos días, parecía que todo había vuelto a la normalidad y hasta la sonrisa en Bernice volvió a surgir. Carl tratando de aportar algo positivo al problema le había pedido que se casaran, eso ayudaría a olvidar los días sombríos. Planeó ir a visitar a sus padres, para contarles la buena nueva. Los novios querían aprovechar que la estación de verano estaba cerca para celebrar su boda.

A Megan le agradó la noticia, Joseph no se daba cuenta de nada y a Robert no le cayó en gracia, sin embargo, lo supo esconder. Sabía que el amor hacía más fuerte a las parejas y se sintió intimidado. Carl y Bernice no le dirigían la palabra, se limitaban a saludarlo, como también lo hacía Carlota y Paul. No así Kathy que hasta lo llamaba "tío" Robert.

Megan no se interesó en ayudar a su hija con los preparativos, su tiempo lo ocupaba Robert, pero Carlota estaba dispuesta a hacerlo en vez de ella. Bernice se sintió feliz que su segunda madre, como ella la llamaba, la acompañara a Marine a escoger su vestido de boda.

Carl quería estar en todo y ella siempre bromeaba con él, llamándolo un novio mequetrefe. Lo amaba mucho y quería ser una novia bonita. Paul llevó a la futura señora Adler y a Carlota a la mejor tienda de Marine a probarse algunos modelos recién venidos de Londres. Entró a la tienda, muy feliz y orgullosa, y le contó a todos que estaba enamorada.

Carl se había escapado del trabajo y a escondidas la observaba, a través de la vitrina. Sonreía como un niño pícaro cuando veía cómo modelaba los vestidos de novia y se paseaba alegremente por toda la tienda. Bernice se dio cuenta que estaba afuera viéndola, y riendo salió a pegarle con una revista. La escena era divertida, eran dos niños jugando y no tomando en serio el delicado papel que tendrían en el futuro. Bernice se probó un modelo de Dior, color perla, bordado en pedrería de Swarovski que la hacía lucir esplendorosa. Su rojo cabello se destacaba aún más y así también sus electrizantes ojos verdes. Parecía una novia de revista. Carl desde lejos la veía y comprendía perfectamente el por qué se había enamorado de ella. Era una chica preciosa y esa sonrisa hacía que su corazón latiera a mil por hora.

Salieron de la tienda y las invitó almorzar, él quería mucho a Carlota y después de todo lo que estaban pasando juntos la admiraba mucho más. Carlota decía que él era un hombre íntegro y de buenos sentimientos, perfecto para Bernice.

Después del almuerzo, entre risas y jugueteos, Carl le dijo a Carlota que se fuera con Paul, que él quería raptar a la novia, por un momento. Ella entendió el mensaje y subió al carro. Paul le dio un beso a Carlota diciéndole que también él estaba enamorado; ella se puso a reír y le correspondió con ternura. Fue un día lleno de felicidad y de sorpresas. Los futuros esposos visitarían a los señores Adler para hablar sobre los preparativos de la boda y querían comentarles que deseaban celebrar la fiesta en Villa Helen. Bernice estaba un poco confiada de que aquello ya había pasado y también pensaba que su padre podría estar más cómodo en su casa, tenía la esperanza de verlo mejor para entonces.

Cuando regresaron a la mansión, corrieron a la habitación a contarle todo a cerca de la boda. Joseph tirado sobre la cama era un hombre casi sin vida, solo alcanzó a pestañear y cerró sus ojos sin emitir un tan solo sonido.

Sería un acontecimiento, una gran fiesta. Tendrían la ayuda de Wally en todo lo relacionado con la comida, Paul se encargaría del bar con la ayuda de otros meseros. Llegaría aquel hombre afroamericano a tocar el piano, el hombre que tocaba más de dos mil melodías y sabía complacer a los invitados. Los arreglos florales vendrían de Londres, etc., etc. Bernice le contaba todo esto a su padre de una manera eufórica, sin parar de hablar un momento, pero Joseph apenas la entendía. Cuando se dio cuenta, se puso a llorar quedamente. Carl la abrazó y ella agradeció que aún estuviera vivo.

Él la tomó entre sus brazos y le dijo:

—Ya todo pasó, tenemos que pensar en nuestro futuro, tu padre mejorará, ya verás. Estoy seguro que nos ha escuchado y está feliz.

A lo que Bernice contestó:

—Lástima que no podamos saberlo con certeza.

Esa noche estuvo todo en completa tranquilidad, excepto por Wilma, que de un instante a otro parecía perder la cabeza. Kathy se había enterado que Bernice se casaría y no lo toleraba. Planeaba arruinarle la boda, de alguna manera haría lo imposible para que ésta no se llevara a cabo. No hubo necesidad de que hiciera ningún esfuerzo porque lo que estaba por suceder sería suficiente para aplazar el dichoso acontecimiento.

A Wilma le habían diagnosticado esquizofrenia, el médico les había dicho que no existía duda alguna.

Kathy sabía que no era así, sin embargo, le seguía la corriente a su mamá. No podía contarle la realidad, ya que esto pondría en evidencia a Robert y arruinaría sus planes.

Aunque Carlota y los demás supieran todo lo que sucedía, preferían que Megan siguiera engañada. Esa noche los huéspedes invisibles regresaron a atormentar a la pobre Wilma. De nuevo escucharon un alarido estremecedor que venía de su dormitorio, y cuando su madre entró a la habitación sintió una presencia demoníaca, en un rincón estaba Wilma sentada en sus propias heces, y cuando se paró, se orinó frente a ella, riendo tenebrosamente. Megan realizó que no se trataba de su hija, más bien parecía un animal herido y asustado. Megan quedó absorta, no sabía qué hacer y llamó a Carlota de un grito. La mujer subió las escaleras a toda prisa y cuando entró, ella le tiró un zapato que le golpeó la cabeza causándole una pequeña herida. Estaba fuera de control y el dormitorio se volvió un campo de batalla. Las cortinas estaban hechas jirones, la ropa tirada por el suelo y todo se veía lúgubre y sombrío. Tenía días de no tomar una ducha, su piel estaba escamosa, de color verdoso y despedía un olor insoportable.

Carlota, temerosa se acercó y le dijo:

—Señorita Wilma, en el nombre de Dios, vuelva en sí. Esa no es usted —le rogó que la escuchara, y la joven comenzó a vomitar sangre y cayó al suelo perdiendo la conciencia.

Megan salió corriendo y tiró la puerta. Exclamó con pánico, que no podía soportarlo más, y llamó a gritos a su otra hija. Cuando esta llegó, su hermana ya había vuelto en si. Kathy le ordenó que se controlara, Wilma a su vez la escupió en la cara. La escena era dantesca, llamaron al médico y cuando este llegó le inyectó un poderoso calmante que la hizo dormir muchas horas.

De nuevo están aquí, dijo Carlota a Bernice. Esa noche se quedaron exhaustos y todos decidieron dormir en la sala. Al amanecer se sintieron más seguros y bendijeron el día cuando vieron los primeros rayos del sol, que anunciaba un poco de paz en la tétrica casa.

Robert estaba cada día, más obsesionado por disfrutar todo lo que el futuro le prometía con Megan, y en sus pensamientos, agradecía a Ross. Joseph, ya estaba gravemente enfermo y parecía que no habría marcha atrás. El traidor amigo ya se imaginaba, en esa habitación, revolcándose, con su amante y disfrutando de los millones que habían dentro de la casa. Por otro lado, Bernice en medio de su angustia soñaba con el amor de Carl y su boda. Se imaginaba toda vestida de blanco desfilando hacia el altar con el príncipe encantado que un día había aparecido en aquella fiesta, donde ella era la Cenicienta.

Despertó del romántico sueño y subió a ver a su padre. Joseph estaba peor, la piel se pegaba a sus huesos. El médico había llegado y propuso darle de comer por sonda para que no muriera de inanición. Cuando se fue el doctor, Bernice se sentó a llorar como nunca lo había hecho, estaba perdiendo la fuerza, era muy duro para todos verlo en caída rápida.

Kathy apenas entraba a la habitación y cuando lo hacía, solo ponía una expresión de sorpresa, sin acercarse a la cama. Wilma seguía muy mal y Megan pensó que era hora de encerrarla en un hospital psiquiátrico. Ya no podía más, parecía un alma en pena. Su mirada era vacía y tenía episodios de cólera, terror y risa, decía que la estaban volviendo loca. Megan, a pesar de haber visto lo de aquella noche, estaba segura que alucinaba y debía estar bajo vigilancia médica las veinticuatro horas.

Al día siguiente todo estaba listo para llevarla al hospital. La ambulancia llegó en silencio para no ahuyentar a la joven. Varios hombres fortachones subieron a traerla y no la encontraron en su habitación, había desaparecido. Megan corrió como loca y comenzaron a buscarla por toda la casa. Cuando por fin bajaron al sótano la encontraron acurrucada en una sucia esquina, hablando incoherencias. Wilma se había arrancado hebras de cabello, hasta quedar casi calva y tenía unas plumas, negras ensangrentadas, alrededor de su boca y a la par de ella estaba aquel pájaro completamente descuartizado. Le suplicaron que se levantara, y le prometieron que no le harían daño. Ella se resistía como una salvaje, dando manotazos a quien se acercara, todos observaban aquella escena macabra y triste. La dejaron allí sentada, bajo llave, y Megan se fue inmediatamente a llamar a los enfermeros que habían llegado. Wilma necesitaba ser sacada a la fuerza por los hombres. Cuando regresaron por ella al sótano, ya no se encontraba.

Todos se preguntaban cómo pudo hacer para escapar. De nuevo la buscaron por toda la casa y no la vieron. En ese momento se escuchó el grito desesperado de Bernice que decía:

—¡No lo hagas Wilma! ¡Noooo! ¡vamos a ayudarte, no cometas esa locura!

Carlota y Paul corrieron, para tratar de salvarla. Wilma estaba en la orilla del acantilado, parada en el filo de una roca, su frágil figura lucía fantasmagórica, casi transparente. Bernice acercándose a ella, la agarró de la mano, Wilma la volteo a ver con una mirada inexpresiva, como la de un cadáver, y se soltó cayendo al vacío. Ya no había nada que hacer. Ella se estrelló contra las rocas y ahora el mar la devoraba. Megan comenzó a gritar, a llorar y se desmayó en pleno jardín. Paul quedó inerte, y Bernice corrió a avisarle a Carl, lo necesitaba más que nunca. Carlota estaba muda y sus ojos estaban fijos en el horizonte, sin querer aceptar lo que había sucedido. Kathy se quedó allí parada tratando de ver con morbo dónde se había estrellado su hermana, sin mostrar ningún sentimiento. Y el perro Bruno gemía quedamente echado sobre el pasto, sin moverse.

El médico y los enfermeros no pronunciaron palabra alguna. Robert apareció una hora más tarde y también formó parte de los callados. Joseph arriba en su lecho de enfermo, no se dio ni cuenta de la terrible tragedia que acaba de suceder en la casa.

Carl corrió hacia Bernice y la abrazó fuertemente, tratando de confortarla.

—Tendremos que buscar el cadáver para darle cristiana sepultura —le dijo—. Wilma ya descansa. ¡Pobre chica!

Bernice le dijo a Carl —Ha sido un momento espantoso para todos. Debemos de organizar el funeral una vez nos den el cuerpo —y luego rompió en llanto.

Acto seguido Carl fue a llamar a la policía. Cuando los agentes llegaron, habló con ellos y les dijo que se trataba de un suicidio. Que todos los habitantes de la casa habían sido testigos, que por favor les ayudaran a encontrarla. Esa tarde antes de que oscureciera, salió un bote de Marine a buscar a Wilma.

La faena fue difícil pero finalmente la encontraron, su cuerpo estaba golpeado, rígido y el color de su piel azulado. La pusieron en una camilla y la llevaron al anfiteatro.

Después de los preparativos, Wilma, yacía dentro de un féretro color marfil, parecía estar en paz. Ya no sufría más. Ese era el consuelo de todos. Había sido víctima de las garras de la maldad. La ceremonia fue solemne, Megan lloraba con el dolor que una madre suele sentir y al mismo tiempo se lamentaba por no haber podido evitar la tragedia. Cuando los amigos terminaron de dar el pésame, decidieron llevar sus restos a Villa Helen y solo asistirían los miembros de la familia. Wilma sería enterrada en el cementerio de los Wright.

La boda de Bernice y Carl quedó aplazada. Ahora tenían que seguir enfrentando el mal que allí se encontraba. Ya habían acabado con Wilma y temieron que el próximo fuera Joseph. Carlota, Paul, Bernice y Carl estaban más unidos que nunca. Era importante sacar la joya de la casa, la razón de tanta desgracia y que irónicamente había sido un día el símbolo de un amor imposible. Se reunieron secretamente y planearon cómo llevar a cabo la peligrosa tarea.

Unas semanas después del entierro de Wilma decidieron ir por la joya. Esa noche parecía un buen momento ya que Kathy no se encontraba. Megan estaba en Marine y no llegaría a dormir. Al ir por el tesoro se estaban exponiendo a más ataques, pero tenían que hacerlo. Era esa noche o nunca.

Comenzó a llover torrencialmente, y era peligroso que alguien pudiera ser alcanzado por un rayo, pero tenían que correr el riesgo, ya no podían esperar más. La lluvia no paraba y el mar desencadenó un fuerte viento huracanado que parecía empujarlos en dirección al acantilado. La tormenta cesó de repente en cuanto llegaron al cementerio familiar. Allí se encontraba el escondite, entre las dos tumbas de los señores Wright. Cuando vieron la placa con aquella leyenda, una serpiente se deslizaba sobre una de las lápidas tratando de sembrar el terror en ellos para ahuyentarlos. Carlota la maldijo con unas palabras que solo ella entendió. Bernice dio un grito, Carl sacó un cuchillo que tenía en su cinturón, y el reptil huyó inmediatamente. Bernice giró a ver hacia todos lados para asegurarse que nadie se encontraba cerca. Pero en el fondo del jardín, estaba una niña que se acercaba a ellos, lentamente, parecía caminar flotando en el aire. Cuando estaba a unos pocos metros se dieron cuenta que su cara era rara y pudieron percibir que era un demonio. Le advirtieron con voz firme que regresara de donde venía y la salpicaron de agua bendita, ésta retrocedió lloriqueando con una voz ronca y desentonada para luego desintegrarse. Se dieron cuenta que estaban rodeados de enemigos que querían obstaculizar la búsqueda. Todavía nerviosos, quitaron la placa y cavaron una pequeña fosa donde pudieron ver una caja de bronce. La tomaron con manos temblorosas y salieron de prisa de regreso a la casa.

El gato Jasper cuando los vio entrar se engrifó, pero inmediatamente se dio cuenta que era Carlota y se acercó cariñoso a sobar su pierna. Con el tesoro en su poder, se encerraron en el cuarto de Carlota. Pusieron la cajita sobre la cama y la abrieron con cuidado. Allí envuelta en un paño rojo estaba aquella increíble joya, hecha para la zarina Alexandra de Rusia y recuperada por Joseph durante la guerra. Era impactante, Bernice y Carl abrieron la boca sin poder cerrarla por unos segundos. No sabían cuánto podía costar, pero un coleccionista daría muchos millones por aquella belleza. Pensaron que era mejor idea dársela a Carl para que la sacara inmediatamente y la llevara a una caja de seguridad en el banco de su padre. Cuando conversaban quedamente acerca del hallazgo, escucharon a Kathy llegar y se asustaron, seguidamente unos pasos se acercaban al dormitorio y segundos después alguien golpeó la puerta desesperadamente. Bernice y Carl, corrieron a esconderse al baño, sospechando que fuera Kathy. Sin lugar a dudas era ella y cuando vio a Carlota le reclamó que por qué no estaba limpiando la cocina, que aún estaba sucia. Indignada y siendo grosera, le reclamó:

—Dime Carlota: ¿qué diablos está sucediendo? ¿Por qué te encuentras en tu habitación tan temprano? ¿Qué demonios escondes, vieja insolente?

Y agarrándola con rudeza, del brazo le advirtió:

—¡Si estás ocultando algo te vas arrepentir, te mataré con mis propias manos!

Volteó a ver a todos lados como buscando alguna pista. Bernice aguantó la respiración para no ser descubierta y Carl como una estatua, no movió una pestaña.

Kathy, después de un momento, pensó que era inútil seguir indagando más y se retiró. Carl y Bernice salieron de su escondite y corrieron a la planta baja lo antes posible, tratando de no ser detectados. Cuando Kathy los escuchó hablar, salió de su habitación, bajó y les preguntó que de dónde habían salido. Antes de que le contestaran les dijo con sarcasmo que parecían fantasmas. Ellos le comentaron que apenas habían entrado, que venían de Marine de una cena familiar.

Kathy se retiró no creyendo mucho pero no tenía ninguna prueba de lo contrario. Carl ya tenía la joya en su poder, salió veloz de la casa, subió a su carro, y se fue como alma que se llevaba el diablo.

Capítulo 16

YA HABÍA PASADO algún tiempo y siempre continuaba la actividad perversa en la casa: los pasos arrastrados, las ráfagas de frío que entraban estando las ventanas cerradas, algunas veces tocaban la puerta y no había nadie afuera, los pájaros negros trinando en la noche, los extraños ruidos, los objetos que levitaban, las apariciones de horrendas criaturas y murmullos satánicos que no se alcanzaban a comprender.

Sin omitir los mensajes obscenos escritos con sangre que les ordenaban salir de la casa. El mal siempre estaba presente de alguna manera. Desesperados pensaron llamar a un sacerdote, pero decidieron esperar. No querían hacer alboroto de lo que estaba sucediendo en Villa Helen. El temor más grande de Bernice era su padre. Se preguntaba si él sería la próxima víctima.

Megan después del suicidio de Wilma se había refugiado más en los brazos de Robert y este aprovechaba esa vulnerabilidad. La muerte de Wilma poco había importado a Kathy que estaba totalmente infestada de maldad. Ya no había regreso para ella. Se regocijaba con Robert cuando hablaban de sus nefastos planes. Ellos serían los dueños de la casa y la joya que luego pensaban encontrar. Robert se había convertido en su mejor aliado, ella odiaba a su padre y al mundo entero.

Kathy tenía que reunirse con Robert para hablar sobre los últimos acontecimientos y pactaron encontrarse en Marine. Los malignos espíritus ya se habían llevado a su hermana Wilma. La muchacha ya estaba descansando en paz, pero faltaba Joseph, que aún vivía. Robert la esperó en un café que había frente a la playa y Kathy llegó puntual.

—Robert, que gusto verte de nuevo —le dijo—, ¿por qué no me has llegado a ver a Villa Helen?, desde el entierro de Wilma, tú ya no apareciste.

Robert con una sonrisa de lado, le dijo que no tenía necesidad de ir allá, porque su madre venía a Marine.

—De todas maneras, cuéntame Kathy, ¿cómo van las cosas en la casa?

—¿Mi padre? —dijo con tono sarcástico—, parece un muerto viviente, ya no queda nada de aquel apuesto hombre, me alegra mucho verlo así pues no es más que un traidor —dijo con cólera.

—¿Será que alguien que yo conozco le hizo un conjuro? —preguntó con burla, y soltó una fuerte carcajada que alertó a los comensales que allí se encontraban.

Ese día se expresó mal de su papá, diciéndole a Robert, que Joseph era un viejo cobarde, inútil y que se alegraba que su mamá tuviera un amante, que si creía que la iba a dejar en la calle, se equivocaba. E hizo que Robert le prometiera, que cuando su padre muriera, se casaría con Megan.

Robert ese día, le dijo todo lo que sus oídos querían escuchar, afirmándole que Megan era el amor de su vida. En ese momento giró la cabeza para ver a una atractiva mujer sentada en la barra. Kathy lo notó y le dijo que si estaba seguro que sería para siempre. Él le juró, con espectral cinismo, que no veía a nadie más que su mamá. Que era la mujer más bella que había conocido.

Kathy le pidió que fueran de nuevo a ver a Ross, ya que las cosas iban muy lentas. Con alegría le volvió a decir que su papá estaba cada día peor, pero que su muerte no la presentía cerca.

—¿Será que tendremos que darle más dinero a la bruja? —le espetó.

—Es posible que sí —le dijo Robert—, pero primero escuchemos qué nos dice. Si quieres vamos mañana— le dijo entusiasmado.

—Está bien —agregó Kathy.

La noche que iban a visitar a Ross, Kathy hizo lo posible porque su madre se quedara en casa, le suplicó que estuviera con su papá un momento. Era una actriz, cuando parecía preocupada y sobre todo cuando quería manipular a su madre.

Llegaron a la casa de Ross, pero esta vez no vieron a ninguno de los guardianes que tenía, el lobo blanco y el perro enorme. Ya no necesitaban tarjetas de presentación, ya eran conocidos allí. Ross salió al encuentro con su delicada mascota enrollada en su cuerpo, besando al abominable reptil con amor. Vestía como siempre con aquel colorido traje que no parecía identificarse con ella. De momento pensaron que aquella mujer lucía alegre, a pesar de lo negra que era su alma. Ross los invitó a pasar y se sentaron en las únicas sillas que tenía. El altar estaba en total actividad, las velas encendidas, las negras y rojas iluminaban las imágenes falsas de la Virgen con el Jesús en su regazo.

Ross les preguntó que cómo estaban las cosas allá, pretendiendo no saberlo. Kathy le dijo que el objeto principal del conjuro aún estaba vivo y que Wilma había muerto, se había suicidado. La bruja no se extrañó, les comentó que la chica era muy débil y los espíritus se habían aprovechado de ella. Que ellos sabían a quién atacar primero y que no tenían nada de qué preocuparse. Todo está hablado con Edmund, él ha estado pendiente de lo que pasa en Villa Helen.

De pronto Ross le preguntó al animal:

—¿Verdad, amor, que has estado siempre atento a todo en la casa del acantilado?

El animal se deslizaba sobre sus senos y ella morbosamente interpretaba su respuesta como un sí amoroso.

—Vayan tranquilos —les dijo la bruja después de ofrecerles un trago de ron—. Todo va a suceder a su debido tiempo. Joseph les dará una sorpresa muy pronto —agregó.

No permanecieron mucho tiempo en la cabaña, al despedirse le pusieron un fajo de billetes sobre el altar, esta los tomó y riéndose maliciosamente lo puso entre sus senos. Luego, se subieron al auto y emprendieron el viaje de regreso a Marine. Cuando llegaron se dieron cuenta que era tarde y siguieron de largo a la casa. Él tenía que devolver a Kathy, sana y salva sin despertar ninguna sospecha.

Megan cuando los vio se alegró e hizo pasar a Robert, estaba un poco asustada cuando le dijo que había percibido cosas extrañas en la casa.

—He oído murmullos muy cerca de mi oreja. Era una voz pastosa y hablaba con acento raro. —Y continuó diciendo—: Estando con Joseph vi a lo lejos un gato que no era Jasper, su pelo era muy negro y sus ojos rojos brillaban en la oscuridad de una manera malévola. Fíjate que han tocado la puerta varias veces, eran golpes secos y fuertes, Carlota ha ido a ver y no era nadie. ¿Qué puede estar pasando? ¡No entiendo nada!, también he visto en el cuarto de Joseph algo que parecía una serpiente. ¡Dime que está pasando!

—Pero Megan, ¿de qué hablas? No hay nada, son solo fantasías tuyas, seguramente has estado leyendo o viendo una película de terror. No te sugestiones, esas cosas no existen —y luego la abrazó.

—¡Debes creer que lo que digo es verdad! —le dijo ella exasperada.

—Mi amor necesitas descansar, ahora que regresó Kathy vete a tus aposentos, y llama a alguien más.

Capítulo 17

JOSEPH se revolvía entre sus sábanas, como si estuviera luchando con alguien y sudaba profusamente, su pijama estaba empapada, sus ojos permanecían cerrados y pestañaba intermitentemente. Trataba de abrirlos y no podía, parecía como si estuvieran pegados con goma.

Bernice estaba en guardia, y lo escuchó hablar dormido, con miedo en su voz decía que una mujer negra salía del mar, que las olas lo devoraban y unas personas lo ayudaban. Mencionaba la casa, la joya y con desespero clamaba la ayuda de Bernice. De un momento a otro, daba manotazos en el aire, como queriendo apartar algo que pretendía hacerle daño.

Bernice. al verlo, se preocupó mucho, quizá su papá estaba muriendo o aquellos malditos intrusos lo estaban martirizando. No sabía cómo reaccionar, solo lo tomaba de su mano y le secaba el sudor de la frente.

—Papá no te preocupes, aquí estamos cuidándote, no te dejaremos nunca, toda esta pesadilla va a terminar pronto —le decía.

—Tenemos que ser fuertes, aquí está Carl conmigo y no permitiremos que te pase nada. También Carlota está rezando mucho por ti y lo mismo su marido Paul. ¡Ten fe!

Después de la pesadilla que papá sufrió, durmió por muchas horas. Se veía exhausto y daba lástima. Lo arropé y traté de dormir por un momento. Yo también estaba cansada y mi cuerpo no podía más.

Al día siguiente, me desperté nerviosa, era demasiado para mí. Me acerqué a la cama de papá a darle los buenos días, lo busqué con la mirada y no lo vi, pensé que se había metido debajo de las sábanas. Las levanté y allí no estaba. Corrí como una loca y fui a buscarlo al baño y no lo encontré. ¡No estaba en ninguna parte!

En ese momento grité:

—¡Carlota, Carlota!, ¡papá no está en su cama, ven inmediatamente!

Y en cuestión de segundos ya estaba en la puerta.

—¿Qué pasa señorita Bernice? ¡¡¡¿Qué sucede?!!!

—¡Carlota, papá no está!, no sé cómo ha podido salir de su cama, estaba muy débil, no tenía fuerza para levantarse. ¡¡¡¿Dónde está?!!!

Carlota llamó a Paul y comenzaron a buscarlo. Temían encontrarlo por allí desmayado. Megan se levantó y Kathy protestó al escuchar los gritos. Carlota les explicó angustiada y llorando que Joseph había desaparecido.

Kathy se fue a dormir de nuevo y cerró la puerta de golpe.

Megan se unió al equipo de búsqueda. Bajaron al sótano y no tuvieron suerte. El perro Bruno ladraba nervioso y desesperado por su amo. La búsqueda continuó en toda la casa y en el vasto jardín. Se dirigieron al bosque, pensando que Joseph podría estar allí. Todos parecían locos. Se acercaron al acantilado temiendo encontrarlo estrellado contra las rocas, pero no vieron rastros de él, y ni señales que dijeran que había estado allí. Joseph había desaparecido misteriosamente.

Megan llamó a Robert para contarle. Él se desplazó inmediatamente. Cuando colgó puso una sonrisa de triunfo y en voz alta se dijo a sí mismo:

—Gracias Ross, ahora sí has sido efectiva. Solo faltan los demás, pero por ahora, este era el más importante. Se fue a servir un whisky para celebrar el acontecimiento, se duchó y salió para Villa Helen, sin ninguna prisa.

Carl llamó a la policía para que les ayudara y estos llegaron rápidamente. Todos en equipo peinaron la zona para ver si encontraban rastros de Joseph. Bajaron a la playa, pero la marea había subido y si Joseph había estado allí, las huellas ya no existían. Después de unas horas, encontraron una gorra de él detrás de una roca y pensaron que se había ahogado. Bernice y los demás estallaron en llanto, estaban casi seguros que el mar lo había engullido. Tal vez su cuerpo jamás aparecería. Cuando regresaron vieron a Kathy con una expresión fría y perversa. Bruno se fue triste y se echó cerca del sillón donde Joseph solía descansar, el perro no se movió de allí en muchos días. Carlota y Paul y los que lo querían no perdían las esperanzas, pero Joseph nunca apareció.

Después de varios meses dieron por terminada la búsqueda y se resignaron. Ofrecieron una misa por su alma, en la iglesia Saint Mary de Marine. La pequeña capilla era estilo medieval, con grandes vitrales, muy iluminada y rodeada de un lindo jardín. A la misa asistieron todos aquellos amigos de los Wright, que siempre los acompañaron en las fechas más importantes del año. Carlota y Paul aún secaban sus lágrimas. Bernice todavía estaba descontrolada por la tragedia y Carl consolaba a su prometida no creyendo del todo que Joseph estuviera muerto, era un hombre muy intuitivo. Robert acompañaba a Megan, quién lloraba desconsoladamente, más por culpa que por amor. Joseph había sido una víctima más de la maldad que merodeaba aquella casa. Nadie se explicó su repentina desaparición.

Después de algunos meses, Bernice aún se lamentaba por la muerte de su padre, hubiera querido que sus restos descansaran con los de sus abuelos y los de Wilma. Pero eso no había podido suceder ya que el cuerpo nunca fue encontrado. Para aliviar el dolor de Bernice, Carlota le sugirió a Carl que se casaran, pensando que eso ayudaría. Y de nuevo Carl y Bernice hablaron de boda. Ya estaba organizada, no habría mucho que hacer. Recordó con tristeza que la había suspendido debido al suicidio de Wilma, y la segunda vez por la desaparición y supuesta muerte de su padre. Tenía miedo de que algo malo sucediera de nuevo; sin embargo, fijaron la fecha de la boda en primavera. Ya faltaban pocos meses.

Megan de nuevo buscó consuelo en los brazos de su amante, ahora no se separaba de él. Pasaba muchos días en Marine, en la casa de Robert. Ya era viuda y no tenía por qué esconderse. Gastaban horas hablando de la casa del acantilado y se lamentaban de no saber dónde estaba aquella joya. Decidieron emprender una búsqueda minuciosa, registrarían hasta el último rincón, si era posible, para encontrarla. Pero sus esfuerzos serían inútiles pues el tesoro ya estaba fuera de la propiedad. Se hallaba más seguro que nunca en el banco, dentro de la caja de seguridad de Carl. Ellos sospechaban que Carlota y Bernice conocían su paradero, pero no sabían cómo sacarles la verdad.

La casa aún no pasaba a manos de Bernice legalmente, ya que Joseph no había cumplido el tiempo estipulado por la ley para declararlo muerto. Pero Robert estaba seguro que Ross había hecho bien su trabajo y ese "estorbo" jamás aparecería por allí.

Los fenómenos inevitablemente seguían pasando dentro de la casa. Carl tenía mucho miedo por Bernice y los demás, así es que decidió trasladarse a

Villa Helen. Sus padres no estuvieron muy de acuerdo, eran personas conservadoras. Pero finalmente los convenció. Le comentó que después de la muerte de Joseph, él tenía que velar por la familia. Llegó con sus pertenencias y Bernice se sintió protegida. Todos le dieron la bienvenida, incluyendo Bruno y Jasper, el gato de Carlota. Carl emocionado, había llevado a su prometida en brazos a su dormitorio y le había dicho que pretendieran que ya se habían casado y que era su primera noche de bodas. Él era un hombre bromista y Bernice adoraba eso, la hacía reír y lograba disipar sus penas. Esa noche fue maravillosa, ya estaban los dos viviendo como una pareja de casados, unidos para siempre y sin la bendición del cura.

Kathy no tomó a bien que Carl llegara, pero no podía hacer nada. A Megan le daba igual, ella ya no pasaba en Villa Helen, estaba todo el tiempo en casa de Robert. Salían a navegar en el bote y a dar largos paseos por la ciudad, exhibiéndose con descaro. Los conocidos de Megan murmuraban cosas feas de ellos, comentaban en voz baja, que los amantes se habían deshecho de Joseph. Decían que esa mujer no tenía moral y que él era un hombre malo y sin escrúpulos. La sociedad de Marine, no los aceptaba, pero a Robert poco le importaba. Las noches con Megan se hacían interminables, le hacía el amor hasta el cansancio, ella estaba cegada por la pasión. Robert aprovechándose de ella como siempre, le dijo que quería trasladarse a Villa Helen, que era mejor que estuviera allá si querían encontrar el tesoro. Él sabía que Kathy no se opondría y si Bernice decía algo, su madre la pondría en su lugar.

Robert puso en venta su casa y se mudó con Megan a la mansión. Cuando llegaron, Kathy los esperaba con una deliciosa cena, preparada por Carlota, que dicho sea de paso, la hizo de mala gana. El perro Bruno, cuando lo vio, comenzó a ladrar enojado, haciéndole ver que su presencia no era grata. El gato se engrifó y Bernice y Carl, solo lo saludaron con cortesía. No podían hacer nada más.

Con arrogancia Robert subió a los aposentos de Joseph y se instaló con su amante. Bernice estaba furiosa, pero Carl la calmó, sugiriéndole que los dejara hacer lo que quisieran. Que se preocuparan más por sí mismos ya que pronto se casarían. Mientras tanto las anormales actividades cedieron, parecía que Ross ya había cumplido con su trabajo. Ya Joseph había desaparecido, Robert vivía en la casa y pronto se casaría con Megan, Wilma había muerto, Kathy se había unido a la subcultura de góticos y siempre estaba lejos de Villa Helen. La maldad ya había dado sus frutos. Pero Robert aún tenía enemigos en la casa, Carl, Bernice, Carlota y Paul.

Capítulo 18

L A PRIMAVERA llegó y la fecha de la boda estaba cerca, en dos semanas Carl y Bernice se unirían para siempre en matrimonio. La ceremonia sería en la iglesia de Saint Mary, donde un año antes habían celebrado la misa por el alma de Joseph. Carlota se encargó de todos los detalles. Bernice quería que fuera íntimo, por lo tanto, llegaron pocos invitados.

Pusieron en cada banca un bouquet de flores blancas y amarillas. El camino hacia el altar mayor estaba lleno de pétalos de rosa color rojo. Bernice y Carl entraron triunfantes en la iglesia. Robert, con descaro, se ofreció para llevar a la novia como lo hubiera hecho su padre, pero ella se negó indignada. Él trataba de ganar la aprobación de la pareja, pero eso nunca iba a pasar.

Paul fue el asignado por la novia para entregarla a su futuro esposo. Megan, al ver eso, se sorprendió y su rostro expresó disgusto. Después de la ceremonia, celebrarían la fiesta en el Yatch Club de Marine, no querían exponerse a hacerla en Villa Helen, aún se sentían amenazados. Llamaron al pianista, como de costumbre, y la fiesta fue un éxito. La celebración terminó sin novedades, excepto por Kathy que apareció con un grupo de muchachos tatuados y vestidos de negro. Los chicos que pertenecían a la subcultura gótica, de la que Kathy ahora era parte, usaban trajes estilo medieval o de la época victoriana, sus cabellos eran negros azulados y se maquillaban pálidos, haciendo resaltar el color de sus labios rojos oscuros o negros. Parecían sacados del mismo infierno o de una novela de terror.

Al día siguiente de la boda y sin perder tiempo, Megan en la habitación ya planeaba con Robert buscar la joya. Comenzarían por la sala, y seguirían por los demás lugares de la casa. Ese día fue terrible para Carlota que tenía que arreglar el desorden que dejaban a su paso.

Bernice y Carl se reían a sus espaldas, a sabiendas que jamás la encontrarían. La búsqueda había sido infructuosa, solo quedaba el sótano, lugar donde guardaban tantos recuerdos, y donde había estado Wilma antes de su muerte. Robert y Megan, tan pronto entraron sintieron un escalofrío y la humedad que había en el lugar los asfixiaba. Encendieron la luz, pero de pronto se apagó, como si el bombillo se hubiera quemado. Entonces hicieron uso de la linterna que llevaban, alumbrando en la oscuridad y entre las telarañas sintieron que alguien los vigilaba y quisieron desistir, pero la ambición pudo mas que el miedo que sentían.

Todo allí se encontraba apilado y polvoso. Golpearon las paredes para ver si sentían algún hueco dentro de ellas, pensando que quizá podía haber algún escondite secreto. Robert movió los muebles viejos y otros objetos apartándolos a patadas, y tampoco había nada. Megan levantó una vieja lámpara y debajo vio un enorme escorpión que la hizo retroceder bruscamente y gritar de terror. Insultó a Robert por haberla llevado al sótano, y cuando ya la búsqueda había terminado y subía los escalones, pisó una rata muerta, el pánico que sintió la hizo deslizar y caer con fuerza sobre el mohoso suelo. La búsqueda había causado desconcierto en Robert y una pierna quebrada en Megan. Carlota dijo que los espíritus buenos también existían y habían hecho gala con su presencia, castigando la curiosidad de los amantes. Después de tanto trabajo, y sin resultados positivos, Robert y Megan desistieron. Megan yacía en su cama con analgésicos para el dolor y estaba fuera de sí. Furiosa se dirigió a Robert y le reclamó:

—¡Robert! ¡Eres un idiota, mira cómo estoy!— Amor, lo siento mucho —le dijo—, lo que menos hubiera querido es que esto pasara. Y para animarla un poco, le propuso matrimonio—. Oye: quiero casarme contigo, sé que no es el mejor momento para decírtelo, pero ya tienes un buen tiempo de ser viuda y ahora podemos hacerlo.

Ella se alegró de escuchar la propuesta y aceptó de buena manera. Megan continuó diciéndole, que solo tendrían que esperar que su pierna sanara del todo.

Los nervios de Megan estaban cada día peor, Kathy le estaba dando más problemas que nunca. Llegaba con esos chicos a la casa, que parecían de una secta satánica. Ella ya no soportaba más aquella música estridente y oscura que salía de su habitación, además de todo el caos que dejaban sus amigos al irse.

Pero Kathy había nacido para esas cosas y poco le importaba lo que los demás quisieran. Después de la visita a Ross, la joven se había vuelto más rebelde y enmarañada. El famoso tesoro ya no era de su interés, sino sus amigos y las drogas que juntos consumían.

Megan citó una noche a todos, para contarles la buena nueva. Se casaría muy pronto con Robert. Se sentaron en la sala y ridículamente el hombre pidió la mano de Megan a sus hijas. Kathy los felicitó, ya no se reconocía, tenía muchos tatuajes en su cara y se había hecho perforaciones en orejas y nariz. Parecía otra persona, pero aún conservaba su natural belleza. Ese día estaba tomada de la mano del novio de turno, un chico más raro que ella. Bernice y Carl, callados la observaban de pies a cabeza, Carlota y Paul desde la cocina, cruzaron sus miradas no muy extrañados. Los novios en la sala brindaron por su felicidad y fijaron la fecha de la boda.

Llegado el momento, Megan lució un vestido ocre y Robert un traje oscuro de seda, con una corbata color perla. Los casó un abogado y la fiesta fue en Villa Helen, las pocas personas que invitaron de Marine, nunca llegaron. Después de la boda, se fueron a dar un largo paseo en el bote y decidieron visitar algunos pueblos costeros. Ya todo estaba consumado, las dos bodas se habían celebrado con poca diferencia de tiempo, una blanca y otra negra. Megan ahora conocería bien al que pensó que sería el amor de su vida.

Los días pasaban sin mayor problema, las parejas de recién casados ya estaban instalados en la casa y cada una vivía su propia vida. Kathy casi nunca estaba, se quedaba en la guarida que había rentado con sus negros amigos y llegaba de vez en cuando a ver cómo iban las cosas en Villa Helen.

El tiempo prescrito había pasado y la casa ahora pertenecía a Bernice. Ya era tiempo que Robert hiciera algo al respecto, no podía permitir que Bernice se quedara con la casa, tendría que buscar de nuevo a Ross, a ver cómo podía ayudarle. Ya tenía a Megan, pero todavía faltaba mucho, él no la amaba, se había enamorado de su sexo y de su dinero. Ella había cambiado, era insoportable y su cuerpo ya no lucía como antes, tenía algunos kilos demás.

Robert comenzó otra vez con sus andanzas, a menudo se le escapaba para encontrarse con alguna mujer en Marine. Él no era un hombre fiel, ni jamás lo sería. A Megan la consumían los celos, pensando que su esposo la engañaba. Algunas veces se les escuchaba discutir. Ella le gritaba que era un desgraciado y lo acusaba de la muerte de Joseph, sin saber lo que realmente había pasado. Él la insultaba y la había abofeteado varias veces cuando llegaba ebrio. El matrimonio se descontroló y Megan pasaba a punta de calmantes para paliar el dolor en su corazón. Después de algún tiempo aparecería otra enferma en la casa del acantilado, esta vez sería la misma Megan que se estaba volviendo loca. Bernice comenzó a sentir lástima por su madre. Ya no se veía feliz como antes, pero no podía meterse, se limitaba a visitarla en su habitación cuando le veía abandonada y triste.

Una noche vio muy mal a su mamá, estaba sentada en el sillón, con la cabeza caída y lloraba, se notaba muy deprimida, Robert estaba fuera y los celos la estaban destrozando. Bernice, ven aquí —me dijo. —¿Sabes que pensé que sería feliz con Robert? Pero la vida no ha sido buena conmigo, siento que Joseph me está castigando desde el más allá — hablaba con dificultad, enrollando la lengua, como suele hacerlo una borracha.

—Pero mamá, eso no es cierto, papá jamás lo haría, él te amaba y estoy segura de que te está cuidando desde el cielo.

—¿Entonces por qué las cosas me han salido tan mal?

—Es solo que te casaste con el hombre equivocado —le dije—. Pero no tienes por qué soportarlo, ¡échalo a la calle!

—¿No es un poco apresurada tu idea, Bernice?

—No te preocupes, ya llegará el momento —le dije.

Después de su amarga confesión se quedó dormida en el sillón, se notaba ausente y estresada. Antes de salir, pude ver con total claridad, el fantasma de la misma niña que había aparecido aquel día en el fondo del bosque, tenía esa mirada maligna y su piel era del color de la cera. Unos segundos después, sonrió maliciosamente y me invitó a llegar hacia donde ella se encontraba, haciendo un falso gesto amable con su mano. Pasé de largo, como si no la hubiera visto y me fui a mi habitación. Cuando iba caminando sentí una fría mano sobre mi hombro que al mismo tiempo quemaba mi piel y escuché un susurro en mi oreja: "salgan de la casa". Palabras que, esta vez sonaron tan claras como el agua.

Llegué a mi habitación y le conté a Carl. En ese momento a él le preocupaba más mi madre que los malignos habitantes. Ya teníamos un buen tiempo de vivir así y nos estábamos acostumbrando. Recordamos cómo papá había enfermado de repente y entramos en pánico. No queríamos que mamá pasara por lo mismo. Tenía que hacer algo por ella, antes de que fuera tarde. No sería mala idea contactar de nuevo al doctor Glower para que la viera.

El médico ya estaba habituado a que lo llamaran de la mansión Wright, por lo tanto, no se sorprendió. Cuando entró al dormitorio, solo le bastó verla unos minutos, para darnos un rápido diagnóstico. El galeno dijo que se trataba de una profunda depresión y un grave problema de alcoholismo que debía de ser tratado de inmediato. Nos aconsejó que averiguáramos de instituciones que había en Marine, encargadas de ayudar a personas con esos problemas, y nos recomendó algunas. Después le recetó unos antidepresivos y eso fue todo por el momento.

A Robert no le preocupaba la salud de Megan, pero sabía que sin ella no podía concretar sus planes. Se esmeró en hacerla creer que sí le importaba y trató de estar pendiente de su salud. Le pidió que fuera a las sesiones de alcohólicos anónimos y la trató mejor. Eso hizo que Megan mejorara un poco. Después de algunos días ella se notaba más animada, pero el destino le tenia una sorpresa que le quitaría su tan ansiada paz.

Capítulo 19

ENTRO DE LA CASA, Bernice y Carl trataban de hacer su vida. Megan se notaba contenta y Robert estaba cada día más desesperado por encontrar aquel tesoro y quedarse con la casa.

¿Y ahora qué haría? ¿Tendría que deshacerse de Bernice y Carl?, Kathy no sería un problema, no tenía la menor duda de que ella se uniría con él para llevar a cabo lo planeado. Ya no necesitaba a Ross, él podría encargarse del resto. Echó a un lado la idea de seguir trabajando de la mano de lo oculto y pensó una mejor forma para aniquilarlos. No iba a ser fácil, pero lo intentaría.

Llamó a Kathy, que en ese momento se encontraba viviendo con aquellos raros chicos y le dijo que necesitaba hablar con ella. Como siempre se reunieron en el restaurante de Wally. A Robert le daba un poco de vergüenza que lo vieran con su hijastra vestida como una vampira, pero no tenía alternativa.

—Hola Kathy, ¿cómo te va? —le dijo.

—Bien gracias, y tú como estás, y las cosas ¿cómo van allá? ¿Ya se fueron nuestros invisibles amigos? —le preguntó.

—Pues no, todavía andan por allí sin molestar mucho, yo creo que ya se quedaron para siempre —le contestó Robert—. Oye, Kathy he estado pensando que tenemos que planear cómo deshacernos de Bernice y Carl. Si ellos desaparecen, la heredera es tu madre y eso quiere decir, que nosotros estamos incluidos, yo como su esposo y tú como la única hija sobreviviente. —Kathy lo vio como si le estuviera proponiendo algo normal.

—¿Y qué se te ocurre, Robert? —le dijo.

—Bueno, podríamos dejar sin frenos el carro, recuerda que la carretera pasa al filo del acantilado y es un tanto peligrosa. Nadie sospecharía, de un accidente, ¿verdad?

Kathy se quedó pensativa analizando la situación y le dijo:

—Creo que tu idea es fantástica, ¿pero yo, qué pitos tengo que tocar allí? Eso tú lo puedes hacer solo, allí vives, yo casi no llego por allá, me choca ver a ese imbécil de Carl y a la mosca muerta de mi hermana, prefiero a mi nueva familia. ¿Me entiendes?

—Sí, comprendo, pero tienes que saber lo que voy hacer, por si te necesito.

—Está bien, como quieras allí estaré pendiente. Mira a propósito, en mi grupo de amigos hay una amiga que es artista y me gustaría llevarla a la casa, quiero que pinte a mamá. No tenemos un retrato de Megan —le dijo como si se refiriera a una amiga.

Kathy miró su reloj y le dijo a Robert:

—Ahora tengo prisa, hay una fiesta grande por la noche, vienen chicos góticos de otros pueblos y una banda de rock estará tocando en Marine. Adiós Robert —le dijo sin entretenerse un minuto más.

—Espera Kathy, solo dime, ¿cómo se llama tu amiga, la pintora?

—Se llama Diana, le contestó y se fue en seguida.

Robert ya tenía el permiso de Kathy y solo tenía que pensar cómo iba a cortar los frenos del carro y estar seguro que estuvieran juntos para matar dos pájaros de un tiro. Esa noche, en su cama, trató de pensar cómo hacerlo, luego se acercó a Megan y el dio un frío beso de buenas noches, ella lo notó y le reclamó su falta de interés. Sus celos estaban al máximo, Robert encolerizó y le dio la espalda. Cuando Megan se durmió, él ya sabía cómo iba a matar a la pareja.

Casualmente la semana siguiente era el aniversario de los Donovan, la idea de Robert era invitar a Carl y Bernice a cenar, con motivo de su aniversario con Megan. Se reunirían en un restaurante en Marine para celebrarlo. Antes de salir a Marine, Robert bajaría al garaje, cuidándose de que nadie lo viera, para arruinar el auto de Carl. Todo estaba muy bien pensado.

Megan se levantó ese día, dándole un poderoso beso a su esposo Robert y este lo devolvió con frialdad. Le dijo que tendrían que salir a Marine más temprano, ya que tenía asuntos que resolver. Megan sin hacer preguntas estuvo de acuerdo y quedó de decirle a Carl y Bernice que se reunieran con ellos en el restaurante, más tarde.

Carl no entendía qué los había motivado a invitarlos y a Bernice también le extrañó. Carlota sintió que no había buena intención, pero se quedó callada. Nadie creía en ellos y especialmente en Robert.

Bernice y Carl subieron al automóvil y desde que salieron de la casa sintieron desconfianza, pero les darían una oportunidad.

Salieron de Villa Helen en medio de una densa niebla. El coche de Carl era un Austin deportivo y a él le gustaba manejar veloz. Casi no podían ver, pero la velocidad del carro ayudaba a romper la densidad de la neblina. La noche estaba muy oscura y hacia un frío polar, pusieron la radio y comenzaron a entonar una canción. Mientras, Bernice se acercaba a Carl y besaba su oreja con picardía, él metía su mano bajo su vestido y Bernice sintió que estaba ardiendo de deseo. Carl bromeando le dijo:

—Amor, si seguimos así, vamos a tener un accidente, ojalá pudiera aparcar el auto para hacerte el amor, pero es una calle sinuosa y muy angosta, no podemos detenernos —y Bernice rio.

Conduciendo, seguía jugueteando con el cuerpo de su esposa. Al entrar a una curva los frenos del auto no le respondieron, pero la pericia de Carl hizo que salieran sin problemas. Cuando llegaron a la recta quiso disminuir la velocidad y no lo logró, entonces el carro comenzó a patinar de un lado a otro, Bernice gritaba, y Carl trataba de calmarla. Pero, milagrosamente, lograron amortiguar el golpe, cuando iban colisionando contra las vallas que estaban a un lado de la carretera. El auto al ir chocando perdió velocidad y finalmente se estrelló contra un árbol, evitando así un accidente peor. Bernice se golpeó la cabeza contra el tablero y sufrió una herida en la frente. Carl estaba desmayado y su cabeza cayó sobre el timón, su rostro estaba totalmente cubierto de sangre. Ella logró salir del carro a rastras, y con dificultad se encaminó hacia la carretera y comenzó a gritar por ayuda. A lo lejos venía un camión con luces altas y logró verla, ella le hacía gestos desesperados con sus manos para que se detuviera. El hombre frenó y la acompañó al lugar del accidente. Logró sacar a Carl, en agonía. Bernice estaba fuera de control. El hombre llevó a los heridos al hospital más cercano. Estando allí le dijeron que Carl había sufrido una conmoción cerebral y estaba inconsciente. Ella inmediatamente tomó el teléfono y llamó a su mamá, contándole lo sucedido. Megan no podía entender lo que había pasado y le dio el teléfono a Robert. Lo primero que hizo fue preguntar si Carl estaba vivo y ella le dijo que sí, pero que su condición era grave. Robert pensó para sí que habían tenido suerte, y lamentó que no hubiesen muerto.

Carl pasó dos meses en cuidados intensivos y ya había recuperado la conciencia. Ella al pie de su cama, y con lágrimas en sus ojos le aseguró que pronto saldría. Carl la tomó de la mano, en su rostro se notaba el miedo y con voz apenas audible, le dijo: te quiero… no te apartes de mí. Nos quieren matar…

Capítulo 20

arl llegó recuperado y más fuerte que nunca a Villa Helen, allí lo esperaban sus fieles empleados, Carlota y Paul, y se deshacían en atenciones con él. Lo acompañaron a la habitación y ella le llevó su plato favorito, codornices rellenas.

Carl se sentía bien, sonreía a su esposa y la abrazaba como si el mundo se fuera a terminar ese día. Robert con el descaro que lo caracterizaba, llegó a la habitación y le deseó lo mejor. Megan le llevó un postre a manera de agradarlo y Bernice no se separó de él ni un segundo. Los dos habían tenido una larga conversación y sospechaban de Robert. Ahora tenían los ojos abiertos y lo tendrían bien vigilado.

Los días pasaron y todo volvió a la "anormal normalidad". Carlota estaba amenazada siempre por aquellos seres perversos que jugaban con ella rompiendo cosas en la cocina, haciendo levitar mesas y objetos para atemorizarla y demostrar su poder. Una noche se dio cuenta que habían cambiado de lugar la nevera, obra humana no podía ser, ya que además de ser muy pesada, había estado en el mismo lugar por muchos años. Querían demostrar la fuerza que tenían y recodarles que aún estaban allí. Era un fastidio tener que lidiar algunas noches con esos macabros juegos. Carlota solo rezaba y no podía hacer más que eso. La casa se había infestado, pero ella tenía la esperanza de que algún día eso desaparecería.

Kathy había llegado, de improviso, con su amiga pintora Diana. La muchacha no era antipática, pero su vestimenta era grotesca. Tenía unos veinticinco años, su piel era traslúcida y con el maquillaje se veía más blanca. Sus ojos color ámbar resaltaban debajo de unos párpados pintados de negro. Su cabello oscuro, con mechones azules y rojo, completaba el estrafalario atuendo, que más parecía un disfraz de Halloween. El cuerpo de Diana era voluptuoso, la chica poseía una belleza un tanto tentadora y apetitosa. Diana, a pesar de su sombría apariencia era alegre y coqueta.

Lo primero que hizo Kathy fue llevarla a los aposentos de su madre, para presentársela. Megan se veía deprimida, pero al conocer a Diana, se animó un poco. Siendo ella una bella mujer, le entusiasmó que dejara plasmada su hermosura para siempre. Hablaron un poco de todo y la contrató para que le hiciera el retrato. Le dijo que al día siguiente llegara con paleta, pinceles y su caballete, para comenzar el trabajo. Bernice la vio bajar de las escaleras y la saludó sin decir más. Ya estaba aburrida y entre menos supiera, era mejor para ella. Carlota la observó de lejos y no le causó buena impresión, ella sentía las malas vibras a kilómetros de distancia. Paul al verla, bajó la cabeza y se hizo el distraído.

La mañana era perfecta para comenzar el retrato, había luz y se sentía un rico aroma que provenía del jardín. Diana llegó, vestida de la misma estrafalaria manera, su blusa era provocativa, mostraba parte de sus senos y en uno de ellos tenía el tatuaje de un cráneo. Fueron a la biblioteca y allí decidieron cuál sería el mejor lugar para hacer la pintura. Se trasladaron a la terraza, Megan posó un buen rato para Diana y esta estudió con detenimiento sus facciones para comenzar a hacer el dibujo. Después de algunas horas, Megan la invitó a almorzar y la joven aceptó gustosa. Estaban en la mesa de la cocina, cuando entró Robert y ella se la presentó, Diana sonrió coqueta. Robert aún era un hombre interesante, tenía el cabello platinado y su cara lucía fresca, sus ojos insinuantes y curiosos miraron inmediatamente los senos de Diana, y ella al darse cuenta infló más el pecho. Megan no lo percibió, estaba absorta con la idea de su pintura y la joven le caía bien. Robert se sentó un momento con ellas y luego subió a su habitación. Diana, después de un rato, se despidió y le dijo a Megan que llegaría al día siguiente a la misma hora.

Mientras tanto Carl trabajaba y cuidaba celosamente la joya, sabía que se estaba en un lugar seguro, y allí jamás la encontrarían. Bernice seguía atendiendo las labores domésticas, como lo había hecho por tantos años. Carlota hacía lo mismo. Bernice había conversado muchas veces con ella sobre la posibilidad de que su padre no estuviera muerto y ésta le había dicho que ella presentía que aún vivía, pero que los hechos decían otra cosa y tenían que resignarse.

—Carlota, lo siento en mi corazón, te lo juro, es una sensación que no me deja en paz. ¡Yo siempre esperaré a papá! ¡No es posible, ya ha pasado tanto tiempo y el cuerpo nunca apareció! Todavía podemos tener esperanza, ¿no crees?

—No, señorita Bernice, tenemos que aceptar que ya no está con nosotros —le había dicho con amargura.

Estas conversaciones eran muy frecuentes. Siempre terminaban hablando de lo mismo. Pero la vida seguía igual, a excepción de la nueva integrante de la casa, Diana la pintora.

Robert y los demás se acostumbraron a verla casi a diario y cuando terminaba tarde Megan la convidaba a quedarse a dormir, en la que alguna vez fue, la habitación de Wilma y la joven se sentía a sus anchas. Robert estaba encantado con la pintora y muy pronto le revelaría sus intenciones. Ella pasaba en una franca coquetería con él y se le insinuaba constantemente. Megan no se daba cuenta ya que lo hacía a sus espaldas.

Un día se quejó con Carlota de haber escuchado voces y sentido que le sacudían la cama. Quería hablar con Robert que ahora se había convertido en su gran amigo y confidente, sobre lo que estaba sucediendo y no tenía explicación alguna.

Una noche, Diana furibunda, bajó de su habitación y apareció casi desnuda en la sala, se fue a la cocina en busca de Carlota y cuando la encontró le dijo que era imposible dormir en esa habitación. Le reclamó que había sentido que le movían la cama y hasta creyó haber visto un pájaro negro picoteando la ventana, que todo eso ya la estaba cansando. Pidió hablar con Robert inmediatamente, para contarle. Más bien quejarse con él y exigirle que le ayudara a poner paro a toda esa incomodidad.

Carlota subió a hablar con Robert para darle a conocer el mensaje urgente, y él se sorprendió de verla allí tan tarde.

—¿Que pasa Carlota, que quieres? ¿Por qué me molestas a esta hora, que no te das cuenta que la señora está durmiendo y yo estoy cansado?

—Señor, le dijo, es mejor que baje a la sala, la señorita Diana se ve muy nerviosa y dice que es urgente.

—Bueno, está bien —le dijo rezongando.

Robert bajó y cuando la vio, no lo pudo creer. Diana vestía una túnica casi transparente y no tenía nada más que unas diminutas bragas puestas. También se podían ver, con claridad, sus redondos y grandes senos con unos pezones rígidos. Robert la miró con morbo y se sintió excitado por aquella joven. Trató de disimularlo acomodándose en el sillón. Ella sin pudor alguno, se sentó y la bata se le abrió mostrando así sus torneadas piernas. Era una mujer algo rellena, pero con buenas formas. Su piel se notaba aterciopelada.

—¿Dime que puedo hacer por ti Diana? —le preguntó, con una sonrisa de medio lado.

—Robert, no puedo dormir, hay muchos ruidos extraños en la habitación, estaba pensando pedirte que subas y juntos busquemos el origen del problema, pueda ser que se trate de ratas o algún otro animal. También me incomoda mucho salir de la cama, cuando escucho que golpean la puerta y al abrirla nadie está del otro lado. ¿Es una broma de alguien? —preguntó, molesta. —¡Todo esto me está volviendo loca, no lo soporto más! Tengo largas horas de trabajo y necesito descansar. ¿No crees?

—Tranquila, Diana, subamos a ver qué sucede, y veamos cómo puedo ayudarte —le dijo.

Él la siguió, y cuando subía la escalera, Robert se deleitaba viendo sus nalgas, perfectamente esculpidas como si pasara horas en el gimnasio. Estaban allí, cerca de él, tentándolo. La joven había sido coqueta, pero aún no tenía su consentimiento.

Llegaron a la habitación y ella se sentó al borde de la cama. Esperaron un momento y no escucharon absolutamente nada. Robert sabía que podían ser aquellos inmundos seres, que querían juguetear con ella, sin embargo, no parecían estar allí en esos momentos y tampoco podía advertirla de eso. Robert comenzó a escudriñar la habitación, luego fue al baño y no había rastros de ningún animal. Le aseguró que no se trataba de nada malo y que se calmara. Pero el hombre ya no estaba muy tranquilo, ella seguía exhibiendo su desnudez descaradamente, mostrándolo con provocación. Antes de salir, Robert no pudo más y la agarró de las nalgas y empujó su cuerpo contra él. Ella, se dejó sin poner la menor resistencia. Los dos, ganosos, se tiraron a la cama y comenzaron a tocarse con lujuria temiendo que alguien entrara. Le quitó lo poco que traía puesto y la dejó desnuda, se bajó la bragueta de su pantalón y sin esperar un segundo la embistió como un animal salvaje. Robert estaba fascinado con el cuerpo de Diana y ella con todo lo que él le hacía. En ese momento nació una peligrosa relación entre dos seres mas perversos que el mismo demonio.

Después del encuentro amoroso, Robert salió del dormitorio y regresó a su habitación en completo silencio, volteando a ver a todos lados para asegurarse que nadie lo hubiera visto. Para desgracia de él, Carlota se dio cuenta del hecho.

Al entrar a su habitación vio a su esposa dormida profundamente, se metió a la cama tratando de no despertarla, se cobijó, y se durmió con una sonrisa de placer.

Al día siguiente, Megan despertó contenta por la pintura, le dijo a su esposo que estaba feliz con el trabajo de Diana, él pensó lo mismo, sin decir el por qué. Con ansiedad planeaba la próxima cita con Diana y todo lo que harían juntos. Se dijo para sí mismo, que era toda una deliciosa ramera, y sonrió cuando pensó que estaba allí para cuando la quisiera.

Por otra parte, ella tenía programado verlo esa noche y las siguientes. El trabajo de Diana seguía llevándose a cabo como habían pactado, pero tomaría más tiempo de lo planeado, ya que a ella no le convenía terminarlo muy rápido, estando Robert de por medio, las cosas habían cambiado.

Carlota le comentó a Paul acerca de la nueva relación de Robert, aún no quería decírselo a Bernice, pensó que la pobre muchacha ya había tenido suficiente. Paul estuvo de acuerdo y mostró una gran preocupación.

—Ahora —le dijo—, existe otro problema más. Tarde o temprano tendremos que decirle a la señorita Bernice. —agregó Carlota.

Capítulo 21

OS CELOS DE MEGAN se habían apaciguado, ya que Robert no salía más a Marine y pasaba siempre en casa. Estaba agradecida con Diana por el retrato, Megan pensó que la pintura estaba tomando más tiempo de lo debido, pero si quería un impecable trabajo, tenía que ser paciente.

Megan dejó de beber, pero aún se deprimía. Robert trataba de cumplir con su deber de marido, pero le hacia el amor con menos frecuencia. Y su relación con ella cambió. Ella lo sentía más frío en la cama, ya no era el de antes. Pero jamás se le pasaba por la mente, que estaba entretenido con Diana. Por su parte la pintora, no daba ninguna razón para que Megan sospechara de ella.

Kathy había llegado de visita y le extrañaba ver que aquella pintura iba muy despacio. Le preguntó a su amiga y esta le explicó que no era fácil hacer un cuadro de esas dimensiones. Kathy había quedado satisfecha con lo que le había escuchado y tampoco sospechó nada. Compartió un momento con ellos y luego se marchó a Marine.

Las cosas para Diana iban bien. Robert llegaba a su habitación casi a diario, y los amantes desataban su lívido al máximo. Ella comenzaba a interesarse por Robert, sabía que tenía una mujer rica, e irónicamente la historia se repetiría como había sucedido con Joseph. Ahora Megan cada vez estaba menos atendida y a Robert comenzaba a estorbarle. Pero aún no tenía la joya. Bernice era la dueña de todo y no había podido matarla, se sentía entrampado. Pero si Megan desaparecía, sería más fácil para ellos deshacerse de Bernice y de los demás.

Quería tener sexo en libertad, sin andarse escondiendo, y caviló que Kathy jamás se opondría a sus planes ya que poco le importaba su madre. ¿Pero que podría hacer?... ¿Tendría que acudir de nuevo a Ross?...

Pidió consejo a su gótica amante, y ella le dijo que consultaran la tabla mágica. Diana había sido una gran aficionada al juego de la güija y pensó que esta les podría dar una respuesta o una guía que les sirviera para concretar sus propósitos. Robert especuló que los malignos aún estaban en la casa, que si los invocaba, podían ayudarle, sin necesidad de volver con Ross, solo bastaba llamarlos con la tabla.

Le propuso a Diana su nuevo plan, ella estaba dispuesta a jugar con lo oculto y siempre la tenía consigo en su mochila, se reunirían frente al acantilado para hablar sobre el asunto. Después quedaron de verse en la habitación de Diana no sin antes darle suficiente droga a Megan para que no despertara.

Bernice los había visto esa tarde sentados en el acantilado, el lugar favorito que era de su padre y el de ella con Carl. Cuando vio la escena le causó asco. Presintió que algo estaban tramando, Bernice no era ninguna tonta y la confianza que ambos tenían entre sí sobrepasaba los límites de lo normal. Ella había observado cómo la chica le hablaba a Robert, con gestos maliciosos, se tuteaban como dos viejos conocidos, y ella le hacía bromas fuera de lugar. Se notaba que los unía algo más que la maldad.

A Bernice se le llenaron de agua los ojos cuando rememoró a su padre. Pero tenía cosas que hacer y se metió de nuevo a la casa. Llegó a la cocina y Carlota le sirvió un té. Comenzaron a conversar y en medio de la charla, salió la interrogante de Bernice:

—Carlota, —le dijo— he visto a ese par de arpías sentadas frente al acantilado, y presiento que algo están planeando. ¿Qué crees que puede estar pasando?

—Señorita, yo quiero decirle la verdad. —Y sin ningún preámbulo, le confesó—: ellos son amantes.

—¿Qué dices? ¿estás segura?

—Sí lo estoy —le contestó Carlota—, veo al señor Robert entrar todas las noches a la habitación de esa mujer y estoy segura que no rezan el rosario allí adentro. —Le dijo con sarcasmo.

Bernice le dijo que ya lo sospechaba pero que ahora ya lo había confirmado.

—Si mamá se entera, sería su fin, no quiero que lo sepa, por su bien. ¡Prométeme que nunca se lo dirás, Carlota! ¡Te lo pido!

—Tiene mi palabra —le dijo la pequeña mujer—. Pero seguiremos en pie de lucha, las cosas aquí se pondrán peor, ahora sí debemos de estar preparados. Yo no tengo el poder de detener lo que va a suceder aquí… será espantoso.

Y después de decir esto me abrazó con fuerza y luego subí a contarle a Carl. Él dijo que lo mejor era callar y pretender no saber nada de esa venenosa relación que tenía Robert con Diana. Si nos mantenemos al margen, aseguró, todo estará bien. Pero eso no sucedería…

Mamá se sentía aliviada, estaba hasta amable conmigo, la razón como siempre era Robert. Él ya no salía de Villa Helen y cuando lo hacía era para ir con Diana a comprar materiales de arte. Yo sabía que se trataba de un pretexto para estar con ella. Mamá no tenía ni la menor sospecha, le agradecía a Robert que fuera tan amable con Diana y que se tomara la molestia de llevarla a Marine de compras. Al ver toda esa falsedad los comencé a odiar más cada día.

Aquella casa que algún día había sido un hogar. Ahora estaba impregnada de gente mala. Rememoré aquellas lindas veladas con papá. También lo grosera que mamá había sido conmigo, pero ahora me daba mucha lástima ya que se había convertido en una víctima más de toda aquella perversión, temía por ella, tenía que salvarla de las garras de Robert y Diana. Kathy no sumaba ni restaba en aquél momento. Para mí había sido un gran alivio que viviera en Marine con todos sus raros amigos. Ya era tarde para lamentarse, estábamos en las manos de Dios y solo él nos podía proteger.

Mi rara hermana llegó para ver cómo iba el retrato, estaba un poco más avanzado y al parecer sería una hermosa obra de arte. Aquella linda mujer estaba sentada en una banca del jardín, rodeada de flores. Mamá era preciosa. Kathy se quedó sorprendida al verlo y felicitó a la artista. Un momento después Diana y Kathy se fueron a sentar en la banca frente al mar y desde la ventana de la sala las pude observar fumando hierba. Eran iguales, siniestras y viciosas. Mamá bajó y se unió a ellas, sin darse cuenta de lo que estaban haciendo.

—Se nota mamá, que tu vida matrimonial te ha sentado muy bien —le dijo Kathy—.Sin duda hija, Robert pasa aquí todo el tiempo, ya dejó sus andanzas por el pueblo. Eso me da tranquilidad —le dijo, poniendo esa bella sonrisa de cielo, tan de ella.

Se quedaron un momento más charlando, como dos inocentes amigas incapaces de hacerle daño a nadie. Pero no era así. Diana era una farisea con mamá, y traicionaba su confianza. Kathy era mala, con un alma más negra que el carbón. Y mamá, una víctima. Yo estaba dispuesta a defenderla de esos buitres, estaba consciente de que nunca me había tratado bien, pero era mi madre y eso bastaba.

Llegó la hora de la cena y nos sentamos a la mesa como una familia normal. Carl y yo siempre cenábamos en la cocina, pero ahora nos convenía estar más cerca del enemigo, después de descubrir la traición de Robert, teníamos que observarlo más. Al terminar, nos retiramos a nuestras habitaciones y pedimos a Dios que amaneciéramos vivos al día siguiente.

Durante la cena, Robert había ido al bar con el pretexto de traer una botella de vino y en sus manos llevó una copa para Megan. Dentro de ella había puesto un fuerte somnífero para que no despertara. Esa sería la noche en que invocarían espíritus a través de la güija de Diana.

Robert ya en su cama, vio a Megan inconsciente y sumida en un sueño profundo. Se levantó y se dirigió al dormitorio de Diana, tocó su puerta y ella le abrió en el momento. Tan pronto la vio se abalanzó sobre ella, sin dejarla pronunciar palabra metió su lengua en su oreja, y comenzó a lamer toda su cara, tocó su cuerpo ya desnudo, apretó sus senos con brusquedad y luego le hizo el amor frenéticamente. Diana no tuvo tiempo de emitir un sonido y cuando terminó quedó desmayada de placer. Luego se fumó un cigarrillo, cerró los ojos y echó grandes bocanadas de humo con rostro pensativo. Después de un momento, Robert le dio una nalgada y le recordó que tenían que comenzar lo antes posible.

La chica tenía la tabla de güija ya lista, sobre el suelo, para ella solo era un juego que hasta ahora no le había causado ningún problema. Esa noche sería diferente, ella abriría el portal a espíritus que eran peores que los de Ross.

Se sentaron semidesnudos uno frente al otro, y en medio la tabla de güija. Era casi la medianoche, los rayos de una fulgurante luna llena atravesaban la ventana. Diana decidió encender una candela blanca, y rezar una oración para invocar protección, como siempre lo hacía.

—¿Estás listo? —le preguntó Diana a su amante. Y luego comenzó con la oración—: "Espíritus de luz, pedimos protección para conjurar a las almas que nos ayudarán en esta misión, y que se pronuncie el primero que aquí se encuentre."

—¿Hay alguien aquí? —preguntó con los dedos en el extremo de la guía que se encontraba sobre el tablero.

La pequeña pieza de madera comenzó a moverse y llevó su mano hacia la respuesta:

— "SÍ". Ahora dime, le dijo, ¿cómo te llamas?

Hubo una breve pausa y la guía comenzó a moverse rápidamente hacia las letras con las que formaría el nombre.

—Me llamo "Legión" —leyó la tabla.

—¿Y de dónde vienes? —preguntó Robert.

—De lo más profundo —deletreó.

—¿Cuándo moriste?

—Hace muchos siglos —dijo.

—¿Que te pasó? —preguntó Diana.

—Me quemaron en la hoguera.

—¿Y tú podrías ayudarnos? —dijo la pintora.

—SÍ —se leyó en la tabla.

—Queremos enloquecer a Megan Wright —le dijo Robert.

—Lo sé, ella está aquí —dijo el espíritu, a través de la lectura.

La conversación siguió por un buen rato, eran preguntas cortas y respuestas precisas. Cuando ellos quisieron cerrar la sesión, con el ADIÓS que tenía escrito la tabla en la esquina inferior, el vaso que estaba sobre la mesa de noche levitó y se estrelló en el suelo haciéndose añicos. Se abrieron las gavetas de la cómoda del dormitorio y la ropa salió volando como si un ser invisible la tirara al aire. Robert sabia que no se trataba de alguien bueno, se notaba que ese espíritu quería manifestar su poder y su violencia.

Diana, continuó:

—¿Por qué haces eso?

La guía se movió rápido sobre la tabla y contestó:

—Estamos varios, no he sido yo. Somos una legión.

Diana pudo finalmente cerrar la sesión, con el "Adiós" y todo volvió a la calma. Estaba un poco turbada, le comentó a Robert que jamás le había pasado algo así. Que no entendía, por qué había sucedido todo aquello y que no comprendía el significado de "legión".

—Es mejor que regreses a tu habitación Robert, yo necesito descansar, me siento agotada —le dijo.

Robert entró en pinganillas, para no hacer ruido, Megan parecía muerta, no movía un dedo. Luego se dio cuenta que aún respiraba, pero su sueño era comatoso. Pensó que quizá no amanecería viva.

Él sabía que no era un juego, lo que habían hecho. Sin embargo, para la chica siempre había sido una distracción, pero esta vez las cosas serían distintas. Esa noche había abierto el portal a muchos demonios que harían cosas peores que los espíritus amigos de Ross. Pero confió en el llamado "Legión" para su propósito. Él no le temía ni al propio demonio, por el momento.

Diana quería saber que significaba esa palabra, se fue a la biblioteca de la casa y los libros le dijeron que legión se refería a "Un número indeterminado de demonios que forman un solo espíritu y que están a la orden de otro demonio de alta jerarquía". Ella al reflexionar sobre esto, sintió terror, pero esperó que no obraran en contra de ella y de Robert, ya que el objetivo era Megan.

Una o dos veces por semana se reunían y continuaban con aquellas sesiones de güija y sexo. Al paso del tiempo, la mujer comenzó a lucir sin color, como si le hubieran sacado toda la sangre de su cuerpo y Robert parecía un poco más nervioso que de costumbre. Pero el show tenía que continuar y querían ver a Megan en un manicomio.

Capítulo 22

ERA CASI A DIARIO que él se escapaba del lecho matrimonial para acudir a las citas sexuales con Diana. Una noche, se le olvidó poner el somnífero en el vaso de agua que su esposa siempre tomaba antes de acostarse.

Robert, como de costumbre, la vio dormida y se escapó hacia la habitación de su nueva amante. Ahora no tendrían la sesión de güija, pero sí una noche de mucho sexo. Megan, en su cama, se movía nerviosa entre las sábanas, queriendo despertar, pero su cuerpo se encontraba saturado de droga y hacía que su reacción fuera tardía y lenta. Se quiso levantar para ir al baño y con un gran esfuerzo lo logró.

Al hacerlo se dio cuenta que Robert no estaba y se asustó, salió de su habitación y comenzó a llamarlo. Robert escuchó unos pasos a lo lejos, y sospechó que fuera Megan. De un momento a otro tocaron la puerta desesperadamente, los amantes, al escuchar, sintieron terror, pensaron que sin duda era Megan. Robert en ese momento se acordó que había olvidado poner el somnífero en su vaso y comenzó a sudar de la aflicción. Diana tardó un momento y abrió la puerta, y cuando Megan entró la apartó de un empujón y le preguntó que dónde se encontraba su esposo. Diana poniendo cara inocente le dijo que no estaba con ella e inmediatamente le preguntó que si había sucedido algo, Megan enloquecida de celos buscó hasta por debajo de la cama y no encontró nada. Estaba fuera de sí. Le gritaba a Diana, insistiendo que le dijera dónde estaba.

La chica actuó con mucha astucia y se puso a llorar. Al no encontrar a su marido, Megan le pidió disculpas y se fue. Robert ya había saltado por la ventana y ayudado por una planta enredadera, cayó en el jardín sin hacerse daño, entró de nuevo a la casa y corrió a su habitación para meterse en la cama.

Cuando Megan regresó, entró llorando y su cabeza estaba llena de dudas.

—¿Qué sucede amor? — le preguntó.

—Robert, creo que me estoy volviendo loca, creí que estabas con Diana. ¿Te puedes imaginar? ¡Estoy loca!...

—Pero de donde sacas eso, le dijo abrazándola. ¿Que podría estar haciendo a estas horas en la habitación de esa chiquilla? Sí, aquí estoy, solo he ido a la cocina por un vaso de leche, y fui yo quien se asustó cuando no te vi. Ya deja de tener esas locas fantasías y métete a la cama, te veo muy perturbada.

La mujer caminó despacio sin decir una palabra, se veía avergonzada, por su mente pasaban oscuros pensamientos, sin embargo, se acostó y se durmió. Robert se sintió aliviado de haber llegado a tiempo, unos minutos más y lo hubiera descubierto.

Los días pasaban y los problemas aumentaban en la casa del acantilado. Sin embargo Carl iba a su trabajo y siempre se despedía de Bernice con un fuerte abrazo y un beso interminable, como si el mundo se fuera acabar ese día. Carlota espiaba a todos los de la casa, especialmente, a los que ella llamaba sus enemigos. Paul cuando llegaba a la habitación de Carlota, estaba tan cansado que se perdía muchos desagradables episodios. Y Megan estaba llena de interrogantes, los celos comenzaban a matarla lentamente, pero no podía tomar ninguna decisión acerca de Diana, porque no le constaba nada. Solo había notado que su marido se alejaba de ella cada vez más, pero pensó que se estaba poniendo viejo.

Robert hacía lo posible por despertar en ella lo peor. Era como meterle los banderillazos al toro antes de comenzar la faena. La trataba mal, la ofendía e insultaba. Los pleitos se escuchaban a dos kilómetros de distancia. Megan con todos estos problemas comenzó a beber de nuevo y su vida se volvió un infierno. El plato ya estaba listo para que los entes demoniacos se sirvieran de su vulnerabilidad y locura. Irónicamente, los momentos con Diana la sacaban un poco de ese estado mental, inocentemente conversaba con la pintora, mientras esta hacía su trabajo.

Se ponía muy contenta cuando observaba que la pintura estaba quedando bellísima. Charlando con Diana, le había pedido de nuevo disculpas por su comportamiento de aquella noche, diciéndole que su imaginación le había jugado una mala pasada. Diana con fariseismo, la había reconfortado y dado un cálido abrazo. Ella era una gran actriz.

Los amantes dejaron de invocar a los demonios, ya no había necesidad, estaban dentro de la casa y pronto comenzarían a cumplir su promesa.

Una tarde, Megan bajaba las gradas cuando sintió unas manos que trataron de empujarla para que rodara por las escaleras y se hiciera daño. Teniendo una rápida reacción, logró detenerse del pasamanos, pero su mano volvió a deslizar; y estaba casi por caer, cuando en ese instante apareció Carlota y la rescató en pleno vuelo. La pequeña Carlota sabía que algo estaba sucediendo de nuevo y pudo intuir que se trataba de algo peor. También no descartó que su estado de embriaguez la hacía propensa a tener accidentes.

Megan decía que escuchaba voces en su dormitorio que la amenazaban con matarla. Una vez, estando en el pasillo, divisó a dos hombres vestidos de negro cargando un tenebroso ataúd. Ella pensó que se estaba volviendo loca. Que tanto alcohol y calmantes estaban haciendo estragos en su mente y le provocaban alucinaciones. Pero los malignos estaban haciendo su tarea muy bien.

Estando en su habitación, una noche, vio un rostro de feas facciones, que parecía reírse de ella. Estaba detrás de la ventana y parecía acompañado de otras criaturas demoníacas, esta aparición la acosaba mostrando un cuchillo, haciendo gestos amenazantes y obscenos. Muchas veces escuchaba risotadas, le sacudían su cama o a ella misma, como a una muñeca de trapo. Megan ya no podía más. Le contó a Robert lo que le estaba sucediendo y este con una sonrisa de burla le dijo que se estaba volviendo loca. Entonces pensó que tendría que acudir a la única hija que podía ayudarla, Bernice. La hija que ella había tratado tan mal, aquella pobre chica a la que ponía en cuclillas a lavar los pisos de la cocina. Megan sintió un poco de remordimiento, algo que jamás le había sucedido anteriormente.

Llamó a Bernice y habló con ella. Estaba temblando, y su sistema nervioso estaba colapsando. Los calmantes ya no hacían nada en ella y su cuerpo se veía frágil y decaído. Ella la calmó, le prometió que estaría pendiente y que no permitiría que nada le pasara. Pero las cosas fueron de mal en peor.

Ya el invierno había llegado y la casa parecía más triste que nunca, el cielo estaba gris y los árboles no tenían una tan sola hoja, todo moría como Megan. Llegó una fuerte nevada que forzó a sus habitantes a quedarse dentro de la casa por unos días. En la sala, frente a la chimenea, Megan lloraba, y bebía de una botella de ginebra arrepentida de haberse casado con Robert. Miraba por la ventana aquel paisaje que la hacía deprimirse más. El jardín sin flores, la nieve que caía sin parar y un mar negro.

Rememoraba a Joseph, allí sentado en su banca preferida frente al acantilado conversando con ella. La bebida la hizo alucinar y le pareció verlo tratando de regresar, extendiendo sus brazos y pidiendo ayuda, pero un viento fuerte lo detenía y no podía avanzar. Estos eran los pensamientos de Megan en sus noches de soledad y alcohol. Robert arriba leía un libro o veía algún programa en la televisión, sin importarle nada más.

Sentada allí frente a la ventana, pensamientos de suicidio pasaban por su mente. Sus ojos estaban cansados de tanto llorar, su cara estaba roja y lucía reseca. Estaba sumida en su dolor, cuando de repente, vio al gato Jasper colgado de una viga en la sala, el pobre animalito se retorcía peleando por su vida. Megan gritó por auxilio, el animal estaba en una dolorosa agonía. Carlota apareció como un rayo y logró salvar al pobre gatito, la escena era patética. La pobre Carlota, lo abrazaba y lloraba, tratando de revivirlo, le daba masaje en el corazón, pero el gatito parecía muerto. Carlota le suplicó que no la dejara, le habló como si el animal le fuera a responder. De un momento a otro su respiración mejoró y Jasper ya estaba a salvo. Ella lo envolvió dentro de una pequeña frazada y lo acarició, Jasper iba a vivir. Carlota miró a Megan con ojos sospechosos, pensó que ella lo había colgado en un momento de locura. Bernice al escuchar los gritos se levantó con Carl y se enteró de lo que había pasado. Diana salió de su habitación como una rata sale de su madriguera, agazapada. Robert desde arriba preguntaba, qué estaba sucediendo. El momento se volvió caótico, lleno de lágrimas y gritos, que se escuchaban hasta el jardín. Bernice, al ver a su madre, se aproximó a ella y le preguntó si era culpable. Megan con toda frialdad, le contestó:

—En un momento pensé que alguien lo había hecho, pero fui yo Bernice. Las voces me dijeron que lo matara, confesó. Los ojos de Megan se pusieron en blanco y luego cayó desmayada.

Bernice y Carl, alarmados, llevaron a Megan a su cama y la acostaron. Después de unos minutos, Megan hablaba entre dientes, diciendo que no lo quería hacer pero que la habían obligado, sin especificar a quién se refería. Llamaron al médico y le inyectaron una buena dosis de calmantes. Megan durmió como un bebé y al día siguiente se levantó sin recordar lo que había sucedido.

Carlota estaba llena de miedo, le dijo a Bernice que los malignos habían dado muestras de su potestad, la casa estaba infestada, como una herida llena de pus.

—Señorita Bernice, en este momento están tratando de subyugar a la señora Megan y luego la matarán, así es como funciona —le dijo.

Bernice, se quedó callada, sin saber qué decir o qué hacer. Su madre estaba enfermando seriamente. Si las cosas seguían así tendría que internarla en una institución psiquiátrica. No había otra opción, allí velarían por su seguridad, antes que cometiese otra locura o se dañara a sí misma. Me costaba aceptar que mamá iría a una casa de enfermos mentales, me daba mucha lástima.

Ella se estaba comportando más rara que nunca, se levantaba por las noches sonámbula, como buscando algo.

Una vez la vi escarbando la tierra de las macetas como si pensara que allí habían escondido la joya. Era doloroso ver aquella escena. Aquella mujer tan fuerte y voluntariosa ahora parecía un espantapájaros. Yo siempre estaba pendiente de ayudarla, cuando la veía en aquel estado, le decía que la quería mucho y que no temiera nada. También la llevaba a dar paseos por el jardín para que respirara aire fresco. Ella siempre estaba viendo fijamente, desde cualquier lugar, la banca sobre el acantilado. Debido a todos esos acontecimientos Diana tuvo que interrumpir su trabajo.

Robert se daba cuenta, pero no hacía nada, siempre estaba pendiente de escapar con Diana por allí. Y mamá en su estado no lo percibía. Yo no podía reclamarle a Robert o decirle a ella lo que pasaba, y despedir a Diana solo contribuiría a complicar más los sucesos.

La situación empeoró cuando una noche llegué a su habitación y ella estaba completamente enloquecida, tirando todo lo que estuviera a su paso y gritando sin control. Tuve que llamar de urgencia al hospital psiquiátrico en Marine. Al ver aquella escena traté de calmarme, las manos me temblaban, así como mi voz, pero la ambulancia llegaría muy pronto. Carl estaba muy asustado y Robert salió de su escondite con la viciosa de Diana, sin ninguna vergüenza.

Estaba aterrada cuando la vi fuera de sí, amenazándome con un filoso abrecartas que había encontrado en el escritorio. Carlota y Paul forcejeaban con ella y trataban de quitarle el cuchillo, mientras vociferaba que me iba a matar. Yo me quedé como una estatua y un río de lágrimas corría por mi rostro.

A gritos, le suplicaba que no lo hiciera, que yo era su hija. Pero todo era inútil, parecía poseída por algún demonio. Su cara era dura, la expresión de sus ojos era de odio hacia mí, y me maldecía usando toda clase de insultos.

Cuando lograron quitarle el filoso abrecartas se escuchó a lo lejos el sonido de una sirena. La ambulancia ya estaba cerca, los alaridos de mamá eran espantosos, en su locura decía que la dejaran en paz, tal como había sucedido con papá. Carlota sintió la presencia de la malignidad y me aconsejó que saliera de la habitación inmediatamente.

Mamá tenía una fuerza sobrenatural y su voz no era la de ella. Salí del dormitorio y en ese momento tocaron la puerta. Bajé las escaleras tan rápido como pude, que casi caigo en el intento. Antes de llegar sentí que unas manos me detenían, eran frías como el hielo, pero logré soltarme. Los enfermeros subieron como bólidos hacia la habitación, la agarraron y entre cuatro lograron dominarla, uno de ellos le inyectó una fuerte dosis de calmantes. Luego le pusieron la camisa de fuerza y la metieron en la ambulancia. Me dio mucho dolor verla inmovilizada, su bella cara se había reducido a la de un ser irreconocible. Carl y yo la seguimos, era importante saber que iban hacer con ella.

Entramos al hospital Holly Cross, que más parecía un bello hotel de lujo que una institución para dementes. Era un edificio en forma circular, rodeado de enormes jardines y árboles centenarios, lo habían construido en tiempo de la reina Victoria y guardaba la arquitectura de la época.

La ambulancia se detuvo frente a la enorme puerta, pusieron a mamá en una camilla y un séquito de enfermeros la acompañó, Carl y yo seguimos al cortejo. Yo estaba más perturbada en ese momento que los que allí se encontraban, el médico al ver mi ansiedad y angustia me dio una pastilla para que me relajara. Había sido duro y muy triste pasar por tan espantosos sucesos.

Sin dar muchas vueltas, inmediatamente ingresaron a mamá, le asignaron un dormitorio lejos de los otros pacientes. Era un pequeño espacio, con paredes forradas de tela para evitar que se dañara a sí misma.

Carl y yo, en estado de choque, esperamos horas sentados en la sala del hospital para saber la decisión de los médicos y el tratamiento que le darían.

El doctor dijo que debía de permanecer allí por muchos meses. Que estaba muy mal y que lastimosamente le aplicarían terapia de electrochoques para ver si controlaban sus episodios de violencia. Carl se despidió de mí, el médico me permitió quedarme la noche con ella. La institución normalmente no lo autorizaba, sin embargo, después de la donación que dimos, hicieron una excepción.

A mi madre la sacaron del cuarto de aislamiento temprano por la mañana y mientras esperaba, no pude dormir. Ella se veía un poco más tranquila, pero su infierno aún no terminaba, la terapia de electrochoques comenzaría al día siguiente. Carl llegó por mí al mediodía y tuve tiempo de ir a Villa Helen por mis cosas personales y un poco de ropa.

Carlota cuando me vio me dio un fuerte abrazo, nos sentamos a conversar, y me dijo:

—No hay duda, señorita, que la víctima ahora es la pobre señora Megan, a pesar que nunca me ha tratado bien, me duele lo que le está sucediendo. Debe de tener claro que ahora en esta casa mandan otros, los que no vemos, los silenciosos huéspedes del mal. Están queriendo matar a la señora y luego vendrán en contra de nosotros, si es que no lo intentan antes.

—Bernice —le dijo a Carlota—, ahora tengo que cuidar a mi madre, lo más fácil para mí sería escapar con Carl en medio de la noche, como una ladrona, pero no puedo hacer eso con ella, jamás la abandonaría en medio de este peligro y tampoco lo haría con ustedes. Mi deber es estar aquí, con los oprimidos por el terror. Esta batalla la ganaremos Carlota, confiemos en Dios.

—Cuando ese hombre desaparezca todo volverá a ser como antes, él es el que trajo el mal a esta casa.

—Paciencia Carlota, todo río vuelve a su cauce, lo que sube tiene que bajar, ya verás como todo se arregla. Por ahora, me dedicaré a mi madre. Carl se quedará contigo, para cuidarlos y estar pendiente de todo. Tendré que ausentarme por mucho tiempo, pero vendré a visitarlos.

Carlota explotó en llanto y Paul que estaba por allí también tuvo que aceptar que Bernice estaría lejos por unos meses.

Capítulo 23

N EL HOSPITAL, Megan estaba recibiendo el tratamiento que habían sugerido los especialistas. Estaba muy delgada. Su cabeza rapada sufría el embiste de la corriente. Cuando pasaba por esa tortura su frágil cuerpo convulsionaba y temblaba al recibir las descargas. Luego la llevaban de regreso a su recámara, exhausta; y allí estaba su hija Bernice, esperándola, aquella muchacha de nobles sentimientos a la que ella había humillado tantas veces.

Cuando recobraba su conciencia, le rogaba a su hija que se acercara, y llorando le pedía perdón. No entendía cómo Kathy no la visitaba. Preguntaba por ella y Bernice le decía que vivía muy lejos y estaba estudiando en la universidad. Todas eran mentiras piadosas para no agregar más dolor al sufrimiento de Megan.

Kathy se había ido de Marine a Londres con su secta de góticos y no se sabía de ella desde hacía mucho tiempo, quizá ya ni estaba viva, con el estilo de vida que llevaba, todo era posible.

Después de algunos meses, Megan parecía mejor y ya no le aplicaban más aquellas dolorosas descargas eléctricas. Su rojo cabello había crecido, se notaba más animada y su aspecto cadavérico había desaparecido.

Mientras estuvo en el hospital el nefasto marido había llegado a verla escasamente cuatro veces. Diana había aparecido una vez con un ramo de flores diciéndole que pronto estaría posando para ella y contándole con descaro que todavía estaba viviendo en Villa Helen, y que esperaba continuar con el retrato.

Megan aún estaba muy débil y no tan cuerda, pero era indudable que había mejorado gracias a una nueva droga que estaba causando revuelo en los pacientes con enfermedades mentales.

Los expertos también habían recomendado algo novedoso, la terapia ocupacional. Por lo tanto, en el hospital, Megan gozaba de muchas distracciones que la ayudaban a recuperarse rápidamente y poder hacer frente a su realidad cuando le dieran de alta. Salía de su habitación con la supervisión adecuada y disfrutaba jugando cartas con algunos pacientes. Se puso a escribir su diario con la idea de publicarlo cuando saliera. Paseaba por los jardines con su hija, la abrazaba y sin parar le pedía perdón una y otra vez. Tenía la visita de Carlota, Paul y Carl que religiosamente llegaban los fines de semana a verla y a darle ánimo.

El ambiente dentro de la institución distaba mucho de parecer un hospital psiquiátrico. Habían construido canchas de tenis, tenían acceso a una biblioteca surtida de buenos libros. Había un piano de cola en el salón, donde los que poseían el talento se sentaban a tocar melodías. Llegaban voluntarios a distraer a los enfermos, contando chistes, cantando o haciendo algún pequeño espectáculo. Los médicos decían que los enfermos podían interactuar mejor y eso los ayudaba más que cualquier droga. Ya había desaparecido el antiguo concepto del "asilo para locos" de una época pasada. Las puertas se abrieron para todos y los enfermos mejoraron como nunca antes. Desgraciadamente el final no fue feliz para todos, unos salieron y otros se quedaron para siempre hasta el día de su muerte.

El caso de Megan iba a ser distinto. Bernice había cuidado con esmero a su madre hasta el punto de abandonar a su esposo Carl. Todo parecía indicar que saldría pronto.

Capítulo 24

N LA CASA, Diana y Robert tenían toda la libertad del mundo. Carl lo único que podía hacer era meterse en su habitación, echar el cerrojo y rezar para que aquella malvada pareja saliera algún día de allí. Carlota y Paul hacían lo mismo.

Para Robert se volvía difícil encontrar la manera de deshacerse de Bernice, ella pasaba permanentemente en el hospital y si alguna vez llegaba a su casa, se encerraba con su marido. ¿Cómo iban a matarla? ¿Qué podría planear con su malvada amante? Todo hasta ahora les había fallado.

Los tenebrosos habitantes de la casa, estaban un poco tranquilos, ya que su objetivo Megan, no estaba más. Joseph ya no existía. Diana y Robert tenían toda la casa para ellos. Pero, temían que cuando regresara Megan, se enterara de su relación y los echara a la calle. Aún estaba Carl de por medio y no conseguían eliminarlo. Todo estaba patas arriba. Diana y Robert pensaron envenenar la comida de Carl. Era mejor quitar de en medio al que estaba más cerca. Llamó a Ross, quería ver si la mujer le daba algún brebaje para matarlo.

Robert de nuevo se encaminó hacia la cabaña de la bruja. Cuando por fin llegó, esta se sorprendió al verlo, ya hacía mucho tiempo que no llegaba por allí. La bruja Ross se sentía traicionada y despreciada. Sin embargo, lo recibió.

—¿Y ese milagro Robert? —le dijo un poco molesta—. ¿Qué te trae por aquí?

—Ross, las cosas no han sido fáciles, aún estamos empantanados en la casa. El "estorbo" despareció, no así Bernice que es la dueña de todo y su estúpido marido Carl. Traté de quitarlos de en medio, pero no fue posible, los dos imbéciles, se salvaron de milagro —le dijo.

—Yo he cumplido con mi palabra, pero tú nunca volviste. Te mandé mucha ayuda, sin embargo has consultado otros espíritus, eso no es un juego justo. Lo sé todo, acuérdate que tengo ojos por todas las esquinas de la casa. Hay otros entes allí, que son muy peligrosos. No voy a seguir más en esto, no te puedo ayudar. Edmund está furioso y dice que ¡vas a pagar tu traición!

—Pero Ross, no puedes hacer eso, Diana solo quería jugar con la tabla, y cuando lo estábamos haciendo apareció un espíritu que dijo llamarse "Legión". No sé de dónde rayos salió, créeme que te digo la verdad. Por si no sabes, Diana es mi nuevo amor —agregó—. ¡Necesito que me ayudes, vine a buscarte para que me procures una poción venenosa que pueda matar a Carl.

—Ellos son fuertes —le dijo Ross—, parece que están protegidos por sus antepasados. Entiendo que allí está el cementerio de sus ancestros y ellos no van a permitir que nadie les haga daño —y luego estalló en rabia y le dijo: —¡No seas idiota Robert!, ¿que no ves que dentro de la casa hay una guerra entre el bien y el mal? Y tú ya no me buscaste y ese fue tu error. No sé qué va a pasar, pero seguro que estás en serios problemas, si hubieras venido a mí, estuvieras en mejor situación. ¡Y ahora vete al demonio!, que tengo otra gente que ayudar.

Ross lo echó sin más. Y le auguró un mal destino.

Robert entró a la casa cabizbajo y sin la poción que buscaba y cuando recordó aquellas palabras de amenaza de la bruja, sintió miedo. Subió y le contó a Diana, y ésta se echó a reír, burlándose.

—Robert, no es posible que creas semejantes idioteces —rio de nuevo—. ¿Una casa en guerra? Eso es lo más absurdo que he escuchado, — le dijo —. Más creo, que todo lo que hemos visto últimamente, sea producto de nuestra propia imaginación o las drogas que algunas veces nos metemos juntos. ¿No crees?

—No lo sé —le contestó—. Pero te acuerdas de todo lo que ha pasado, el gato colgado, y el vaso que se estrelló contra el suelo. ¿Es eso imaginación?, ¡yo lo vi con mis propios ojos! —le dijo un poco alterado.

—Bueno, cálmate. Por ahora, gocemos de lo nuestro y después nos preocupamos.

Robert quedó pensativo, estaba nervioso, sabía que Ross no bromeaba y sus advertencias fueron claras. Y ante eso nada podía hacer.

La historia de Diana era triste, había sido una muchacha huérfana y parte de su vida estuvo recluida en un orfanato cerca de Marine. Sus padres habían muerto, siendo ella muy pequeña. La policía encontró los cadáveres y a una niña de seis años llorando, sentada en un oscuro rincón de la casa. Cuando llegaron los detectives se llevaron a Diana y la pusieron en manos de una trabajadora social. Los rumores decían que los padres se habían envenenado. Al parecer el papá de Diana era esquizofrénico y la madre alcohólica. La niña se educó en medio de la locura y mal ejemplo de sus progenitores. Su papá la sometió a muchos abusos y su vida fue un verdadero infierno. Creció en el orfanato y cuando ya era una adolescente escapó y se unió a la subcultura gótica. Diana era una nómada, se movía de un lado a otro con su grupo de amigos. No tenía un hogar seguro ni mucho menos estable. Ella tenía muchos problemas escondidos, manejaba sus varias personalidades al dedillo cuando le convenía y Robert se había convertido en su marioneta. Pero para Diana aún no había llegado la hora de vengarse de la vida.

Por el momento la estaba pasando muy bien y tenía la atención de su amante.

Quería aprovecharse de Robert para encontrar el tesoro y ver qué decidía después. Habían buscado por toda la casa y nunca pudieron encontrar ni señas de la famosa joya Fabergé. Diana se ponía de mal genio cuando veía que Robert no hacía nada por hallarlo. Tenía la personalidad de la amante salvaje, luego la niña abandonada que lloraba acurrucada en un rincón, después era déspota, luego una amorosa ama de casa, atenta a las necesidades de su hombre. Con ella nunca se sabía que iba a pasar. El gigante cuadro que aún no estaba terminado, había sufrido los embistes de una demente. Diana, en una de sus crisis de locura, había agarrado un cuchillo y lo había hechos trizas pensando que acuchillaba a Megan.

Carlota y Paul le tenían miedo y no le reclamaron nada. Bernice cuando llegó a su casa y se dio cuenta del incidente, salió aterrada a decirle a Carlota, pero ella le aconsejó que no hiciera nada al respecto, que era mejor mantenerse al margen.

Ya habían hablado con Carl de echarlos a la calle antes que Megan saliera de la institución. Le dirían que Diana se había ido sin decir nada, que había llevado con ella el cuadro y que Robert había sufrido un ataque cardíaco. Si Megan sabía la verdad nunca se curaría. Pero más enferma estaba Diana, que lo disimulaba bien con sus diferentes máscaras que usaba para esconder su verdadera identidad.

Robert no la amaba, sino que quería disfrutar de su cuerpo y ella lo mismo. Era sexo y nada más. Pero el problema con Diana era que en el fondo odiaba a todos los hombres. No creía en el amor y el sexo era solo un escape. La artista detestaba haber nacido y estar en este mundo, sentía la necesidad de vengarse, de sacar su rabia y su incontrolable ira era como una bomba de tiempo. Ella fue la que colgó al pobre gato aquella noche y Megan en su locura pensó que había sido ella misma. Diana había hecho muchas cosas en esa casa. Entre lo paranormal y la realidad existía una fina línea. Pero con toda certeza los nexos formados con lo oculto le había servido para oprimir a sus víctimas y tenerlas listas para cuando llegara el momento.

Los meses transcurrieron y Diana estaba cada día más ansiosa por vengarse de todos. Carlota sintió una opresión en su pecho, presentía que cosas horribles iban a pasar. Ya había advertido a Carl y Bernice que se cuidaran, que la mujer era psicópata. Carlota tenía siempre sus oídos atentos, era la mejor guardiana de la casa.

Ella la escuchó muchas veces detrás de la puerta de su dormitorio hablando con un amigo imaginario y entre risas y llanto le decía que el fin estaba cerca para todos. Que su venganza estaba próxima.

Capítulo 25

A ÉPOCA NAVIDEÑA fue de mucha alegría para los buenos de la casa. Mamá estaba muy bien y el médico que la atendía dijo que para Noche Buena estaría en Villa Helen de nuevo. Había sufrido mucho con aquellos choques eléctricos y las drogas que la sumían en un estado de ausencia total. Mis cuidados la habían ayudado, así como su inquebrantable voluntad, y la esperanza de encontrar a su esposo cuando regresara. Aún tenía mucho por qué vivir y quería estar bien.

La relación entre nosotras cambió, yo pensé que era un regalo del cielo tener a mi nueva madre. Mientras estuve a su lado, al pie de su cama, me pidió perdón tantas veces. Ahora era una mujer diferente. El sufrimiento la había cambiado y la hizo reaccionar en cuanto a mis hermanas y reconocer la verdad. Ya no preguntaba más por Kathy, en el fondo sabía que era egoísta y que se había olvidado de ella y cuando recordaba a Wilma, se ponía muy triste. Me decía que se arrepentía de haber cometido tantos errores, que hubiera querido retroceder el tiempo para volver a ser una mejor esposa con papá. Pero ya era tarde para eso, ahora teníamos que ver para adelante y sacar a esas víboras de la casa, antes de que ella regresara. Pero no tuve que hacer nada al respecto ya que Diana se encargó de todo…

Faltaban pocos días para que saliera mamá del hospital, los médicos decían que estaba lista para enfrentar al mundo de nuevo. Lucía espléndida, radiante como si una varita mágica la hubiera tocado. Pero la desgracia llegó de nuevo a Villa Helen.

Carl y yo estábamos en la sala, conversando, sumidos en nuestro mundo feliz. Hablando de muchas cosas, planeando el futuro con cierta esperanza e incertidumbre a la vez. Me acerqué al bar a servirme una copa de brandy y de repente los gritos de Carlota interrumpieron nuestra paz. Escuchamos los pasos de Paul, corriendo, a Bruno ladrar desesperado y pensamos lo peor. Mientras subíamos escuchábamos los alaridos de Carlota que decía:

—¡Lo han asesinado! ¡Mi Dios! ¡Protégenos!

Corrimos a su auxilio y la vimos parada frente al cadáver de Robert Donovan, su cuerpo acuchillado yacía sobre un lago de sangre. Carl salió a buscar a

Diana a su dormitorio y no la encontró. Había sangre por todos lados y el terror se apoderó de nosotros. Sus ojos estaban abiertos y llenos de pavor, tenía arañazos en el rostro, como si un gran felino lo hubiera atacado. Ya no podía más, me sentí mareada y con náuseas. Regresé a la sala corrí hacia la ventana y en ese momento escuché el motor de un auto, que salía a toda velocidad, era el de Robert conducido por Diana, ella lo había asesinado y estaba huyendo.

La policía llegó, así como la ambulancia que llevaría el cadáver o lo que quedaba de Robert, a la morgue. Nos hicieron toda clase de preguntas, después se dedicaron a revisar la casa, y subieron al dormitorio de la sospechosa número uno. Cuando entraron vieron el arma homicida tirada en el baño de la habitación de Diana, un cuchillo ensangrentado. Tomaron las huellas dactilares del arma e hicieron lo mismo en diferentes lugares. La policía nos pidió la descripción de Diana, no sería tan complicado encontrarla debido a su forma de vestir y sus miles de tatuajes en el cuerpo. Yo les conté todo lo que había visto y escuchado, le aseguré que la mujer había salido huyendo en el auto de la víctima. Los detectives fueron al garaje y se dieron cuenta que decía la verdad, estaba claro que eramos testigos de un asesinato y no sospechosos. Vi la ambulancia alejarse y todos estábamos seguros de que Robert se había ido para siempre y nunca volvería, lo mismo Diana.

Después de ese espantoso crimen la casa recobró la vida y belleza que antes tenía. Estaba impregnada de un sutil aroma, percibí la presencia de ángeles, y estábamos seguros de que la maldad había desaparecido para siempre. Era un nuevo comienzo, y todos sentimos que habíamos vuelto a nacer. Mamá regresaría y encontraría paz. No había nada que temer, estábamos confiados. Carlota preparó una deliciosa cena y Paul en la cocina cantaba sus melodías preferidas.

Exhaustos y aún nerviosos nos sentamos a la mesa. El perro Bruno se acercó y después de mucho tiempo movía su cola alegremente, lo mismo el gato de Carlota que parecía ya recuperado. Fue una noche maravillosa, llena de júbilo y esperanza. Estábamos felices de saber que mamá estaría de nuevo con nosotros en pocos días. La pesadilla había terminado, pero extrañábamos mucho la presencia de papá. Cada vez que llegaba al acantilado y observaba el mar, lo veía allí sentado, mi mente lo concebía como parte de aquella creación divina. Sabía que estaba en paz. Lo sentí dentro de mi corazón.

Llegó el día de ir por mamá, era maravilloso pensar que regresaría a Villa Helen. Entramos al hospital e inmediatamente nos hicieron pasar al consultorio del psiquiatra. Él nos dio todas las recomendaciones del caso, recordé en ese instante a papá. Luego fuimos a la habitación y la encontramos lista. Lucía bonita y sobre todo tranquila. Carl le ayudó con sus pertenencias y salimos del hospital, no sin antes dar gracias a Dios y a las personas que la habían asistido por tantos meses. Cuando íbamos en el automóvil, pude ver como poco a poco nos alejábamos de aquel edificio, donde, sin quererlo, había expiado sus culpas. En el trayecto vimos como la nieve caía con gracia y daba una sensación de armonía.

No podía creerlo, estábamos camino a casa, a nuestro hogar y el que había sido el de mis padres y mis abuelos. Cuando estábamos por llegar, pude divisar a poca distancia aquella linda casa, parecía un sueño regresar con una de las personas que más quería en esta vida, mi madre. No quería hablar de Robert y de su falso ataque cardiaco, ni de la asesina de Diana, aún no. Lo haríamos con Carl cuando se presentara el momento adecuado. Sabíamos que le afectaría mucho, pero no quedaba otra alternativa. Ella preguntaría y teníamos que darle una respuesta, menos impactante y dolorosa.

Carlota y Paul como siempre estaban en la puerta esperándonos, se veían felices. A través de los meses mamá había sufrido una metamorfosis y estaban confiados de saber que seguirían trabajando con ella. El fiel guardián de la casa, Bruno, también estaba por allí y Jasper maullaba cerca de Carlota. Era una escena de bienvenida como en los cuentos con un final feliz.

—Bienvenida señora Megan —le dijeron Carlota y Paul—. Tenemos su habitación lista para que descanse. Ahora lo importante es que ya está de regreso —agregaron.

—Gracias por todo, sé cómo se han preocupado por mí y han estado, como siempre, al pie del cañón, en esta casa. ¡Que linda la veo! Como he extrañado tu comida Carlota y los bellos jardines que Paul cuida. Es bueno estar de vuelta.

Luego había acariciado a Bruno y había tratado de agarrar a Jasper, pero este había salido a esconderse bajo las enaguas de Carlota.

Carl y yo la animamos a sentarnos en la sala, Carlota inmediatamente nos trajo té. No estaba segura si era muy pronto para contarle todas aquellas mentiras, pero me vi obligada a hacerlo cuando preguntó por Robert y Diana.

—¿Y Robert?, anda Bernice, y dile que ya estoy aquí. Dijo con su bella sonrisa. También avisa a Diana, mañana recomenzaremos mi retrato, me siento de maravilla.

Yo no sabía por dónde empezar, pero ya no había marcha atrás y le dije:

—Mamá, siento mucho tener que decirte esto…. pero… Robert estuvo muy enfermo estos últimos meses, por eso no llegaba a verte y desgraciadamente falleció hace un mes, le dio un ataque cardiaco.

Vi que de un momento a otro sus facciones cambiaron, temí lo peor. No queríamos que se pusiera mal de nuevo y tener que regresar al hospital. Sin decir mucho, bajó la cabeza y explotó en llanto. Eso para mí era bueno, estaba desahogándose con cordura. Carl y los demás nos quedamos callados y tratamos de tranquilizarla. Preguntó que dónde estaba enterrado, que si le habíamos dado cristiana sepultura y le contamos que todo lo habíamos hecho como si ella hubiese estado presente. Le aseguramos que Robert descansaba en paz. Aún no le decíamos lo de Diana, eso iba a ser para ella más una sorpresa que un dolor. Lo cual era un alivio.

—En cuanto a Diana —le dije— la muy irresponsable salió sin decir nada y dejó todo tirado. Tú sabes cómo es esa clase de personas. De ella no se podía esperar nada bueno. Seguramente sus amigos góticos se iban de la ciudad y para Diana eran como su familia. Pero no te preocupes que conseguiremos para ti la mejor artista de Marine para que haga tu retrato.

Mamá, sin parar de llorar, dijo que necesitaba descansar y la acompañamos a su habitación. Sufría como una viuda, pero tenía control de sus emociones. Nos dijo que la dejáramos sola, se acostó en la cama y se quedó pensativa viendo el horizonte a través de la ventana. Al día siguiente despertó un poco deprimida. Esa pena sería pasajera y terminaría cuando sin esperarlo recibió una sorpresa, algo que nadie imaginaba….

Capítulo 26

EGAN EN SU TRISTEZA trataba de ver las cosas positivas. Había perdido a Joseph, a Robert, y a Wilma, pero aún tenía a sus otros hijos Carl y Bernice. Eso le servía de consuelo. Ellos siempre estaban cerca en todo momento. Lo mismo, Carlota y Paul a quienes consideraba parte de su familia. Estaba muy arrepentida de haberlos tratado con desprecio, pero ahora quería ser diferente. Deseaba quedar bien y les había regalado una pequeña casa cerca de Villa Helen para cuando se retiraran y una cuenta bancaria nada despreciable.

Todo cambió y el destino dio un giro inesperado. La vida volvió a sonreír para toda la familia. Cuando de repente tocaron la puerta y Carlota se alarmó, eran casi las siete de la noche y suplicó a Dios y a todos sus santos, que no fueran aquellos seres malignos que solían jugar con ella.

Sin embargo, hacía ya tiempo que no habían visto o escuchado nada fuera de lo normal. Y su temor se disipó cuando vio a Bruno acercarse husmeando algo. Bruno gimiendo y moviendo su cola, quería saber quién estaba al otro lado.

Carlota abrió y quedó estupefacta cuando vio a Joseph parado frente a ella, enmudecida, se recostó en uno de los pilares de la entrada para no caer al suelo. Gritó a Bernice, que estaba sentada en uno de los salones, junto a su esposo, para que le aseguraran que no era su imaginación. Pero todo era real. Era Joseph y estaba vivo. Megan estaba en la terraza en la parte de atrás, y al escuchar el grito de Carlota salió a ver qué pasaba.

Lucía un poco pálido, pero no era una aparición, era real, de carne y hueso. Bernice, Megan y Carl llegaron corriendo y cuando lo vieron quedaron petrificados, no lo podían creer, en un momento pensaron que era un juego de aquellos seres inmundos, que utilizaban cualquier disfraz para realizar sus maldades. Pero esta vez no era así. Joseph, sonrió y se tiró a los brazos de Bernice. Megan pensó que de nuevo estaba loca y veía cosas que no existían, pero luego de abrazarlo, supo que era él. Paul también lo apretujó, tragándose el llanto y Carlota después de salir de su estado de choque, le dio la bienvenida y lo pasó adelante.

—Papá, no puedo creer que estés aquí, todavía no salgo de mi asombro —le dijo Bernice—. ¡¿Dónde has estado todo este tiempo!?, ¡pensamos que habías muerto! ¿Cómo has venido hasta aquí? ¿Quién te ha traído?

Y las preguntas no cesaban. Joseph solo sonreía y sus ojos grises se llenaron de agua. Todos lo bombardeaban con más y más preguntas, querían saber todo, su historia. Megan no dejaba de mirarlo con cierta incredulidad, y cuando se convenció le dijo que era el momento más feliz de su vida.

El día en que desapareció, Joseph salió de la habitación, lleno de fármacos en su cuerpo y se aproximó al acantilado para suicidarse.

Estaba por saltar cuando misteriosamente se detuvo y decidió bajar a la playa, en ese momento la marea estaba subiendo y el mar lo arrastró, dejando solo su gorra como rastro, que fue la que se encontró detrás de la roca, aquel fatal día. En ese instante, había un pequeño bote con dos pescadores a bordo, que habían logrado verlo. Joseph peleaba por su vida en medio de aquellas olas, pero los hombres se apresuraron y llegaron a tiempo para sacarlo del agua aún con vida. Lo subieron al bote y lo llevaron a casa de uno de ellos, los buenos hombres le procuraron todos los cuidados y logró sobrevivir. Después de algunos días, le preguntaron su nombre y él hablando con dificultad les dijo que no sabía quién era. Joseph había sufrido una amnesia postraumática y perdido la memoria. Fue un milagro que no se ahogara. Una de las esposas de los pescadores se encargó de curarle las heridas que tenía en su cuerpo que lucía bastante maltratado. Joseph pasó varios meses al cuidado de esas personas. Su cuerpo ya se había recuperado, pero no así su mente.

Después de muchos meses, una mañana cualquiera al despertar pronunció el nombre de Megan. Al hacer esto, la mujer le preguntó que quién era ella. Él seguía diciendo el nombre de su esposa una y otra vez. La mujer sorprendida se dio cuenta que había recuperado la memoria y saltando de alegría, se acercó a él y le dijo:

—¿Quién es Megan? ¿Cuál es su nombre? —insistió la mujer.

—Megan es mi esposa —le contestó—. Y mi nombre es Joseph Wright.

La mujer corrió a contarle a su esposo, que estaba fuera arreglando su bote, que había hablado y mencionaba a una tal Megan. El pescador al escuchar la historia de su esposa le contó que sabía de la existencia de los Wright, ya que desde su humilde casa lograban divisar la mansión del acantilado.

—Señor Wright —le dijo— usted tuvo un accidente y lo rescatamos casi moribundo, nos dimos cuenta que estaba luchando por no ahogarse y como bólidos corrimos a salvarlo.

Joseph volteó a ver a los extraños que estaban al pie de su cama y comprendió lo que había sucedido. No tenía palabras cómo agradecer su bondad, el haberlo tenido todos esos meses, darle techo y comida. Salió afuera y desde allí apuntó con su dedo la casa y les dijo: ¡Allí vivo!

El pescador y su esposa lo acompañaron a Villa Helen, caminaron a través del bosque y tuvieron que trepar por pequeñas colinas, para llegar. Cuando estaban cerca escucharon el ladrido de un perro y Joseph les dijo que era su mascota Bruno y que ya lo había olfateado.

Joseph ignoraba que la casa se había visto invadida por demonios y de toda aquella perversidad. Que había sido objeto de la maldad por parte de su mejor amigo Robert. No se dio cuenta del suicidio de Wilma ni que su esposa había estado en un manicomio. Ni tampoco del atentado que sufrieron Bernice y Carl. No tenía ni la menor idea de que Kathy había huido con sus extraños amigos, y que la mujer que había llegado a pintar a su esposa era una psicópata. Sin omitir que Carl y Bernice habían tenido que rescatar aquella valiosa joya que le pertenecía. Eso sería demasiado para un hombre que regresaba a su hogar después de haber sufrido tanto. Lo dejarían enterrado en el pasado para siempre. Y si él preguntaba, le mentirían como lo habían hecho con Megan.

Carl tenía la joya en su poder, "la manzana de la discordia". Después de la llegada de Joseph, fue al banco y la sacó de la caja de seguridad. Pensó entregársela a Bernice para que ella se la diera a su padre. La joya regresaría a las manos de su dueño y él decidiría qué hacer con ella.

Megan recobró su bella apariencia, la bella sonrisa que la caracterizaba y sobre todo ahora tenía un corazón. Era menos caprichosa y volcó todo su amor en Joseph. Le decía a Bernice que nunca se había dado cuenta que lo amaba tanto. Haberlo perdido y vuelto a encontrar le había dado un sentido a su vida. Todo estaba en paz, los días y las noches negras habían pasado a ser parte de una historia que nadie quería recordar, solo la casa guardaría el secreto de todos los siniestros acontecimientos.

Aunque todavía hacía frío, mamá y papá fueron a sentarse en aquel banco a la orilla del acantilado y se notaban compenetrados. Hablaban sin parar y desde lejos observaba cómo se quedaban abrazados, por largos momentos. Volvía a tener a mis padres juntos y más unidos que nunca. En ese momento mi corazón estalló en mi pecho de emoción. Sentí un inmenso amor por los dos.

Las buenas noticias que siguieron no se hicieron esperar. Estábamos todos sentados en la mesa como una verdadera familia, cuando de repente al pararme sentí un leve mareo, me puse blanca como un papel y todos me miraron asustados. Inmediatamente fui al baño y devolví todo lo que había comido, sabía que algo estaba pasando en mi cuerpo. Al día siguiente fui con Carl al médico y después de el examen de rutina, me dijo que estaba embarazada. Quería gritarlo a los cuatro vientos no cabía tanta felicidad en mi corazón y Carl casi se desmaya de la impresión. Cuando llegamos les di a todos la buena nueva. Mamá saltaba de alegría como una chiquilla, papá sentado en su silla predilecta se escapó a caer de la emoción. Corrí a la cocina y Carlota haciendo gala de sus dones me dijo:

—Felicidades señorita Bernice, va a tener un bello bebé varón.

Lo que me dejó boquiabierta. Mi madre corrió a la cocina por té y no sabía qué rumbo tomar, era gracioso verla así. Papá me abrazó y me dio como un millón de besos y también hizo lo mismo con Carl. Joseph Jr., llegaría a ser otro habitante más en aquella casa.

El día llegó y nació mi hijo, y tal como lo predijo Carlota, era un varón. Mis suegros estaban felices de ser abuelos por primera vez y tomaban turnos con los demás para cargar al pequeño. Con Joseph Jr. en mi regazo regresamos a Villa Helen. Ya Carlota había adecuado una habitación para nuestro bebé, que lucía grandiosa. En ese instante papá entró con una pequeña caja envuelta en papel regalo y me dijo:

—Esto es para mi nieto, es valiosa en amor, significa mucho para mí.

Cuando la abrí pude ver aquella maravilla brillar antes mis ojos. La joya que fue tan codiciada por los demás, quedaría en la familia y Villa Helen sería nuestro hogar para siempre.

FIN

Querido lector

Gracias por haber leído mi obra y espero que la hayas disfrutado. Te agradezco me escribas un comentario en la misma pagina donde compraste el libro, y te invito a leer mi otra novela:

¿Quién mató a Verónika?

Un thriller policíaco muy entretenido. Si quieres saber más de mí o ponerte en contacto puedes hacerlo en los siguientes enlaces:

email: annasimonlibros@gmail.com

https://www.facebook.com/annasimonlibros/

https://twitter.com/ANNASIMONLIBROS

Anna Simón

Vivo en San Salvador, soy escritora y mercadotecnista. Durante toda mi vida siempre he estado ampliamente relacionada con las artes plásticas y todo lo que envuelve la creatividad.

A través de mis viajes, descubrí mi pasión por escribir, sentí la necesidad de narrar mis experiencias y de alguna manera dejarlas inmortalizadas, pensando que escribiéndolas las volvería a vivir de nuevo. Los viajes han sido una fuente de inspiración para mis relatos.

El primer libro que escribí se llamó Ilahinoor que en español significa "Luz divina", es una historia inédita que por el momento no publicaré. Mi segundo libro se llama ¿Quién mató a Verónika? Es un thriller policíaco muy ameno y entretenido.

Mi tercer libro está por ser publicado y se titula La casa del acantilado, otro libro de suspenso donde lo paranormal juega un papel importante en la historia.

Y el cuarto libro se llama El último libanés, es una novela biográfica que trata de una mujer que va en busca de una historia familiar a Líbano. Estos últimos serán publicados en el transcurso del año 2017. Cuando no escribo mi pasatiempo favorito es tocar mi teclado y cantar. Estoy casada con un maravilloso hombre colombiano, tengo tres hermosos hijos, dos encantadoras nueras y siete bellas nietas.